开学第一课

依据国家教育部和中央电视台

联合主办的《开学第一课》活动主题拓展阅读经典系列

幸福是感动

MINGJIA MINGPIAN

《开学第一课》编写组 编

时代文艺出版社

图书在版编目（CIP）数据

幸福是感动 / 《开学第一课》编写组编. — 2版. —长春：时代文艺出版社，2015.3
（开学第一课）

ISBN 978-7-5387-4322-7

Ⅰ. ①幸… Ⅱ. ①开… Ⅲ. ①散文集－世界 Ⅳ. ①I16

中国版本图书馆CIP数据核字（2015）第166704号

出品人　陈　琛
产品总监　郭力家
选题策划　郜玉乐
责任编辑　郜玉乐
装帧设计　孙　利
排版制作　杜佳钰

幸福是感动

《开学第一课》编写组　编

出版发行 / 时代文艺出版社
地址 / 长春市泰来街1825号　时代文艺出版社　邮编 / 130011
总编办 / 0431-86012927　发行部 / 0431-86012957　北京开发部 / 010-63108163
网址 / www.shidaicn.com
印刷 / 北京通州兴龙印刷厂
开本 / 700mm × 980mm　1 / 16　字数 / 165千字　印张 / 12
版次 / 2015年3月第2版　印次 / 2015年3月第1次印刷　定价 / 20.00元

图书如有印装错误　请寄回印厂调换

敬启

书中某些作品没有与权利人取得联系，在此深表歉意。我方委托北京版权代理有限责任公司向权利人转付稿酬。敬请作者见到本书后，与北京版权代理有限责任公司联系并领取稿酬。

联系人：张艳　　电话：010-8235-1004　　传真：010-8235-7055　　邮箱：zyan326@163.com

目录

目录

目录

目录

巴尔扎克之死

[法] 雨果

一八五〇年八月十八日，我的妻子曾在白天去看望德·巴尔扎克夫人，她对我说，德·巴尔扎克先生奄奄一息。我直奔他那里。

德·巴尔扎克先生一年半以来染上了心脏肥大症。二月革命以后，他到了俄国，在那里结了婚。他动身前几天，我在大街上遇到他；他已经叫苦不迭，大声地喘息。一八五〇年五月，他回到法国，结了婚，变得富有，却行将就木。回来时他已经双腿肿胀。四个会诊的医生给他听诊。其中一个即路易先生七月六日对我说：他活不到六个星期。他和弗雷德里克·苏利埃患的是同一种病。

八月十八日，我跟我的叔叔路易·雨果将军共进晚餐。一散席，我便与他分手，乘上一辆出租马车。马车把我送到博永区福蒂内林荫大道十四号。德·巴尔扎克先生就住在那里。他买下德·博永先生的公馆的残留部分，这座低矮住宅的主要部分出于偶然才避免拆毁。他把这些破房子用家具布置得富丽堂皇，使之变成一幢迷人的小小公馆，大门面临福蒂内林荫大道，一个狭长的院子当做小花园，小径这里那里切割开花坛。

我按了按铃。月光蒙上了乌云。街道阒无人影。没有人来开门。我按了第二次铃。门打开了。一个女仆手拿蜡烛，出现在我面前。

"先生有何贵干？"她问。

她在哭泣。

我报了自己的名字。女仆让我走进底层的客厅，在壁炉对面的一个托座上，放着大卫的巴尔扎克大理石巨大胸像。一支蜡烛在客厅中央的椭圆形华丽桌子上燃烧着，这张桌子以六个式样至善至美的金色小雕像作为支脚。

另一个也在哭泣的女人对我说：

“他已奄奄一息。夫人回到自己房里。医生们从昨天起已撒手不管他了。他左腿有个伤口，生的是坏疽。医生们束手无策。他们说，先生的水肿是像猪肉皮似的水肿，是浸润性的，这是他们的话，皮和肉就像猪肉，不可能为他做穿刺术。嗨，上个月先生就寝时撞上一件有人像装饰的家具，皮肤划破了，他身体内所有的水都流出来。医生们说：哎呀！这使他们吃惊，从那时起，他们给他做穿刺术。他们说：按常规办事吧。但腿上又生了个脓肿。给他动手术的是鲁先生。昨天，起掉了器械。伤口不出脓，但发红、干燥、火辣辣的。于是他们说：他完了！便再也不来了。派人去找了四五个医生，都白费力气。所有的医生都回答：没有办法。昨夜情况恶化。今天早上六点，先生不能说话了。夫人派人去找教士。教士来了，给先生做了临终涂油礼。先生示意他明白了。一小时以后，他握了他妹妹德·舒维尔夫人的手。十一个小时以来，他发出嘶哑的喘气声，再也看不见东西。他过不了今夜。如果您愿意，先生，我会去找德·舒维尔夫人，她还没有睡下。”

这个女人离开了我。我等了一会儿。蜡烛刚刚照亮客厅富丽的陈设和挂在墙上的波布斯以及霍尔拜因的出色绘画。大理石胸像好似不久于人世那个人的幽灵那样，朦朦胧胧伫立在昏暗中。一种尸体气味充满了屋子。

德·舒维尔夫人进来了，给我证实了女仆告诉我的一切。我要求见见德·巴尔扎克先生。

我们穿过一个走廊。登上铺着红地毯和摆满艺术品——瓷瓶、雕像、油画，搁着珐琅制品的餐具橱的楼梯，然后是另一道走廊，我看到一扇打开的门，我听到很响的不祥的嘶哑喘气声。

我来到巴尔扎克的卧房。

一张床放在这个房间的中央。这是一张桃花心木床，床脚和床头有横档和皮带，表明这是一件用来使病人活动的悬挂器械。德·巴尔扎克先生躺在这张床上。他的头枕在一堆枕头上，人们还加上从房间的长靠背椅拿来的锦缎靠垫。他的脸呈紫色，近乎变黑，向右边耷拉，没有刮胡子，灰白的头发理得很短，眼睛睁开，眼神呆滞。我看到侧面的他，他这样酷似皇帝。

一个老女人，是女看护，还有一个男仆，站在床的两侧。枕后的桌上一支蜡烛燃烧着，另一支放在门旁的五斗柜上。一只银壶放在床头柜上。

这个男人和这个女人怀着某种恐怖默默无言，倾听着垂危病人大声嘶哑地喘息着。

枕头边的蜡烛强烈照射着挂在壁炉旁粉红色和露出微笑的一幅年轻人肖像。

一股难以忍受的气味从床上冒出来。我掀开毯子，捏住巴尔扎克的手。它布满了汗。我捏紧这只手。他对挤压没有回应。

一个月前，正是在这同一个房间，我来拜访他，他很高兴，满怀希望，不怀疑会复原，笑着指出他的肿胀。

我们对政治谈论和争论得很多。他责备我“蛊惑人心的宣传”。他是正统主义者。他对我说：“您怎么能这样平静地放弃这个仅次于法国国王头衔的最美的法国贵族院议员头衔呢？”

他这样对我说：“我拥有德·博永先生的房子，除去花园，但加上街角那座小教堂的圣楼。我的楼梯上有扇门开向教堂。钥匙一转，我就能做弥撒。我更看重圣楼而不是花园。”

我跟他分手时，他送我走到这道楼梯，他走路很艰难，给我指出这道门，他对妻子喊道：“尤其要让雨果看看我所有的画。”

女看护对我说：

“他在天亮时就会断气的。”

我下楼时脑际带走这苍白的脸；穿过客厅时，我又看到一动不动、冷漠无情、傲视一切、隐约闪光的胸像，我将死和不朽作比较。

回到家里，这是一个星期天，我看到几个人在等我，其中有土耳其代办黎查-贝，西班牙诗人纳瓦雷特和意大利流亡者阿里瓦贝纳伯爵。我对他们说：诸位，欧洲即将失去一个伟才。

他在夜里与世长辞，享年五十一岁。

下葬是在星期三。

他先停放在博永小教堂，他经过这扇门：唯有这扇门的钥匙，对他来说，比以往的包税人所有的天堂似的花园更为宝贵。

他谢世那一天，吉罗雕塑他的肖像。人们本想浇铸他的面具，但是无法做到，面孔毁坏得很快。他去世的第二天早上，赶来的模塑工人发现脸孔已毁败，鼻子塌倒在脸颊上。人们把他放进包铅的橡木棺材里。

宗教仪式是在圣菲利普—杜—鲁勒教堂进行的。我站在灵柩旁边寻思，我的二女儿就在这里洗礼，从那天以后，我没有再看过这个教堂。在我们的记忆中，死亡连接出生。

内政部长巴罗什前来参加葬礼。在教堂里他坐在我旁边，追思台前面，他不时同我交谈。他对我说：“这是一个杰出的人。”

我对他说：“这是一个天才。”

送葬行列穿过巴黎，经过大街来到拉雪兹神甫公墓。我们从教堂出发和到达墓园时，雨滴往下飘落。这一天，老天爷似乎也洒落几滴眼泪。

我走在灵柩前头的右边，手执柩衣的一根银色流苏。大仲马在另一边。

我们来到山冈上居高临下的墓穴时，那里有一大群人，道路崎岖不平而又狭窄，几匹马艰难地往上爬，要拉住往下坠的灵柩。我被挤在一只车轮和一座坟墓之间。我差点儿被车压着。站在坟茔上的观众抓住我的肩膀，把我提到他们身旁。

整个路程我们都是步行。

人们把灵柩放到墓穴里，这个墓穴与沙尔·诺迪埃和卡齐米尔·德拉维涅为邻。教士念了最后的祈祷，我说了几句话。

在我讲话时，太阳西沉。整个巴黎在我看来处在远处落日辉煌的雾气中。几乎在我脚边，泥土崩塌落在墓穴里，我的讲话被跌落在灵柩上的泥土沉闷的响声打断了。

当我不在世的时候

[俄] 屠格涅夫

当我不在世的时候，当我所有的一切都化为灰烬的时候，你啊，我唯一的朋友；你啊，我曾那样深情地和那样温存地爱过的人；你啊，想必会比我活得更长时间，但你可不要到我的坟墓上去……你在那儿是无事可做的。

请不要忘记我……但也不要在日常的操劳、欢乐和困苦之中想起我……我不想打扰你的生活，不想搞乱它的平静的流水。不过在孤独的时刻，当善良的心如此熟悉的那种羞怯的无缘无故的悲伤碰着你的时候，你就拿起我们爱读的书当中的一本，找到里边我们过去常常读的那些页，那些行，那些话——记得吗？有时，我们俩一下子涌出甜蜜的、无言的泪水。

你读完吧，然后闭上眼睛，把手伸给我……把你的手伸给一个已经不在的朋友吧！我将不能够用我的手来握它：我的手将一动不动地长眠在地下。然而，我现在快慰地想，你也许会在你的手上感受到轻轻的爱抚。

于是，我的形象将出现在你的眼前，你闭着眼睛的眼睑下将流着泪水，这泪水啊，就像我和你受美的感动曾经一起洒下的一样，你啊，我唯一的朋友；你啊，我曾那样深情地和那样温存地爱过的人！

（黄纬经　译）

在莫泊桑葬礼上的演说

[法] 左拉

请允许我以法兰西文学的名义讲话，作为战友、兄长、朋友，而不是作为同行向吉·德·莫泊桑致以最崇高的敬意。

我是在居斯塔夫·福楼拜家中认识莫泊桑的，他那时已在十八岁到二十之间。此刻他又重现在我的眼前，血气方刚，眼睛明亮而含笑，沉默不语，在老师面前像儿子对待父亲一样谦恭。他往往整整一个下午洗耳恭听我们的谈话，老半天才斗胆插上片言只语；但这个表情开朗、坦率的棒小伙子焕发出欢快的朝气，我们大家都喜欢他，因为他给我们带来健康的气息。他喜欢剧烈运动，那时流传着关于他如何强悍的种种佳话。我们却不曾想到他有朝一日会有才气。

《羊脂球》这部杰作，这部满含柔情、讥嘲和勇气的完美无缺的作品，爆响了。他下车伊始就拿出一部具有决定意义的作品，使自己跻身于大师的行列。我们为此感到莫大的愉快；因为他成了我们所有看着他长大而未料想到他的天才的人的兄弟。而从这一天起，他就不断地有作品问世，他高产、稳产，显示出炉火纯青的功力，令我惊叹。短篇小说、中篇小说，源源而出，无限地丰富多彩，无不精湛绝妙，令人叹为观止；每一篇都是一出小小的喜剧，一出小小的完整的戏剧，打开一扇令人顿觉醒豁的生活的窗口。读他的作品的时候，可以是笑或是哭，但永远是发人深省的。

啊！明晰，多么清澈的美的泉源，我愿看到每一代人都在这清泉中开怀畅饮！我爱莫泊桑，因为他真正具有我们拉丁的血统，他属于正派的文学伟人的家族。诚然，绝不应该限制艺术的天地：应该承认复杂派、玄妙派和晦涩派存在的权利，但在我看来，这一切不过是堕落，如果你愿意的话，也可以说是一时的离经叛道，总还是必须回到纯朴派和明晰派中来的，正如人们终归还是吃那使他获得营养而又永不会使他厌腻的日常必吃的面包。

莫泊桑在十五年中发表了将近二十卷作品，如果他活着，毫无疑问，他还可以把这个数字扩大三倍，他一个人的作品就可以摆满一个书架。可是让我说什么呢？面对我们时代卷帙浩繁的产品，我有时真有点儿忧虑不安。诚然，这些都是长期认真写作的成果。……不过，对于荣誉来说这也是十分沉重的包袱，人们的记忆是不喜欢承受这样的重荷的。那些规模庞大的系列作品，能够留传后世的从来都不过是寥寥几页。谁敢说获得不朽的不更可能是一篇三百行的小说，是未来世纪的小学生们当做无懈可击的完美的典范、口口相传的寓言或者故事呢？

先生们，这就是莫泊桑光荣之所在，而且是更牢靠、最坚实的光荣。那么，既然他以昂贵的代价换来了香甜的安息，就让他收着对自己留下的作品永远富有征服人心的活力这一信念，香甜地安息吧。他的作品将永生，并将使他获得永生。

（黎姿　译）

福楼拜家的星期天

[法] 莫泊桑

那时福楼拜住在六层楼的一个单身宿舍里，屋子很简陋，墙上空空的，家具也很少。他很讨厌用一些没有实用价值的古董来装饰屋子。他的办公桌上总是散乱地铺着写满密密麻麻的字的稿纸。

每到星期天，从中午一点到下午七点，他家一直都有客人来。门铃一响，他就立刻把一块很薄的红纱毯盖到办公桌上，把桌上的稿纸、书、笔、字典等所有工作用的东西都遮起来。他总是亲自去开门，因为佣人几乎每个星期日都要回家的。

第一个来到的往往是伊万·屠格涅夫。他像亲兄弟一样地拥抱着这位比他略高的俄国小说家。屠格涅夫对他有一种很强烈并且很深厚的爱。他们相同的思想、哲学观点和才能，共同的趣味、生活和梦想，相同的文学主张和狂热的理想，共同的鉴赏能力与博学多识使他们两人常常是一拍即合。一见面，两人都不约而同地感到一种与其说是相互理解的愉快，倒不如说是心灵内在的欢乐。

屠格涅夫仰坐在一个沙发上，用一种轻轻的并有点儿犹豫的声调慢慢地讲着，但是不管什么事情一经他的嘴讲出，就都带上非凡的魅力和极大的趣味。福楼拜转动着蓝色的大眼睛盯着朋友这张白皙的脸，十分钦佩地听着。当他回答时，他的嗓音特别洪亮，仿佛在他那古高卢斗士式的大胡须下面吹响一把军号。他们的谈话很少涉及日常琐事，总是围绕着文学史方面的事件。屠格涅夫也常常带来一些外文书籍，并非常流利地翻译一些歌德和普希金的诗句。

过了一会儿，都德也来了。他一来就谈起巴黎的事情，讲述着这个贪图享受、寻欢作乐并十分活跃和愉快的巴黎。他只用几句话，就勾画出某人滑稽的轮廓。他用他那独特的、具有南方风味和吸引人的讽刺口吻谈论着一切事物和一切人……

他的头很小却很漂亮，乌木色的浓密卷发从头上一直披到肩上，和卷曲的胡须连成一片；他习惯用手捋着自己的胡子尖。他的眼睛像切开的长缝，眯缝着，但却从中射出一道墨一样的黑光。也许是由于过度近视，他的眼光有时很模糊；讲话的调子有些像唱歌。他举止活跃，手势生动，具有一切南方人的特征。

接着来的是左拉。他爬了六层楼的楼梯累得呼呼直喘。一进来就歪在一把沙发上，并开始用眼光从大家的脸上寻找谈话的气氛和观察每个人的精神状态。他很少讲话，总是歪坐着，压着一条腿，用手抓着自己的脚踝，很细心地听大家讲。当一种文学热潮或一种艺术的陶醉使谈话者激动了起来，并把他们卷入一些富于想象的人所喜爱的却又是极端荒谬、忘乎所以的学说中时，他就变得忧虑起来，晃动一下大腿，不时发出几声：“可是……可是……”然而总是被别人的大笑声淹没。过了一会儿，当福楼拜的激情冲动过去之后，他就不慌不忙地开始说话，声音总是很平静，句子也很温和。

左拉中等身材，微微发胖，一副朴实但很固执的面庞。他的头像古时意大利版画中人物的头颅一样，虽然不漂亮，但表现出他的聪慧和坚强的性格。在他那很发达的脑门上竖立着很短的头发，直挺挺的鼻子像是被人很突然地在那长满浓密胡子的嘴上一刀切断了。这张肥胖但很坚毅的脸的下半部覆盖着修得很短的胡须，黑色的眼睛虽然近视，但透着十分尖锐的探求的目光。他的微笑总使人感到有点儿嘲讽，他那很特别的唇沟使上唇高高地翘起，又显得十分滑稽可笑。

渐渐地，人越来越多，挤满了小客厅。新来的人只好到餐厅里去。这时只见福楼拜做着大幅度的动作（就像他要飞起来似的），从这个人面前一步跨到那个人面前，带动得他的衣裤鼓起来，像一条渔船上的风帆。他时而激情满怀，时而义愤填膺；有时热烈激动，有时雄辩过人。他激动起来未免逗人发笑，但激动后和蔼可亲的样子又使人心情愉快；尤其是他那惊人的记忆力和超人的博学多识往往使人惊叹不已。他可以用一句很明了很深刻的话结束一场辩论。思想一下子飞跃纵观几个世纪，并从中找出两个类同的事实或两段类似的格言，再加以比较。于是，就像两块同样的石块碰到一起一样，一束启蒙的火花从他的话语里迸发出来。

最后，他的朋友们一个个陆续走了。他分别送到前厅，单独讲一会儿话，紧紧握住对方的手，再热情地大笑着用手拍打几下对方的肩头……

（李翰华　译）

他妈妈的伙伴

[澳大利亚] 劳森

那个憔悴不堪的妇女坐在电灯光下的台阶下，靠近一家戏院的入口处。她手里抱着一个孩子，另外两个孩子站在她身边。一叠报纸放在她的膝上，而在她脚边人行道上，放着一只装满雪茄烟的盒子，里面满放着火柴、鞋带和骨制的领扣。

一位绅士从对面的“大理石酒吧”走出来，在街道的边石上站了一会儿，看看表，然后穿过马路向戏院走去。他走上人行道时，把手伸进口袋里去。

“先生，买报吗？”一个报童叫道，“先生，这儿有报纸——《新闻报》、《星报》。”

然而这位先生已经注意到那个憔悴的妇女，并向她走去。

“报纸，先生！《星报》！”报童叫道，一边从前面闪开，一边很快地看着这位先生的面孔，又看看那个妇女。

“没错，先生！都是一样的——她是我的妈妈……谢谢！”

（夏月　译）

我在北京大学的经历

蔡元培

北京大学的名称，是从民国元年起的；民元以前，名为京师大学堂；包有师范馆仕学馆等，而译学馆亦为其一部；我在民元前六年，曾任译学馆教员，讲授国文及西洋史，是为我北大服务之第一次。

民国元年，我长教育部，对于大学有特别注意的几点：一、大学设法商等科的，必设文科；设医农工等科的，必设理科。二、大学应设大学院（即今研究院）为教授、留校的毕业生与高级学生研究的机关。三、暂定国立大学五所，于北京大学外，再筹办大学各一所于南京、汉口、四川、广州等处。（尔时想不到后来各省均有办大学的能力。）四、因各省的高等学堂，本仿日本制，为大学预备科，但程度不齐，于人大学时发生困难，乃废止高等学堂，于大学中设预科。（此点后来为胡适之先生等所非难，因各省既不设高等学堂，就没有一个荟萃较高学者的机关，文化不免落后；但自各省竞设大学后，就不必顾虑了。）

是年，政府任严幼陵君为北京大学校长；两年后，严君辞职，改任马相伯君，不久，马君又辞，改任何锡侯君，不久又辞，乃以工科学长胡次珊君代理。民国五年冬，我在法国，接教育部电，促回国，任北大校长。我回来，初到上海，友人中劝不必就职的颇多，说北大太腐败，进去了，若不能整顿，反于自己的声名有碍，这当然是出于爱我的意思。但也有少数的说，既然知道他腐败，更应进去整顿，就是失败，也算尽了心；这也是爱人以德的说法。我到底服从后说，进北京。

我到京后，先访医专校长汤尔和君，问北大情形。他说："文科预科的情形，可问沈尹默君；理工科的情形，可问夏浮筠君。"汤君又说："文科学长如未定，可请陈仲甫君；陈君现改名独秀，主编《新青年》杂志，确可为青年的指导者。"因取《新青年》十余本示我。我对于陈君，本来有一种不忘的印象，就是我与刘申叔君同在《警钟日报》服务时，刘君语我："有一种在芜湖发行之白话报，发起的若干人，都因困苦及危险而散去了，陈仲甫一个人又支持了好几个月。"现在听汤君的话，又翻阅了《新青年》，决意聘他。从汤君处探知陈君寓在前门外一旅馆，我即往访，与之订定；于是陈君来北大任文科学长，而夏君原任理科学长，沈君亦原任教授，一仍旧贯；乃相与商定整顿北大的办法，次第执行。

我们第一要改革的，是学生的观念。我在译学馆的时候，就知道北京学生的习惯。他们平日对于学问上并没有什么兴会，只要年限满后，可以得到一张毕业文凭。教员是自己不用功的，把第一次的讲义，照样印出来，按期分散给学生，在讲坛上读一遍，学生觉得没有趣味，或瞌睡，或看看杂书，下课时，把讲义带回去，堆在书架上。等到学期、学年或毕业的考试，教员认真的，学生就拼命的连夜阅读讲义，只要把考试对付过去，就永远不再去翻一翻了。要是教员通融一点儿，学生就先期要求教员告知他要出的题目，至少要求表示一个出题目的范围；教员为避免学生的怀恨与顾全自身的体面起见，往往把题目或范围告知他们了。于是他们不用功的习惯，得了一种保障了。尤其北京大学的学生，是从京师大学堂"老爷"式学生嬗继下来（初办时所收学生，都是京官，所以学生都被称为老爷，而监督及教员都被称为中堂或大人）。他们的目的，不但在毕业，而尤注重在毕业以后的出路。所以专门研究学术的教员，他们不见得欢迎；要是点名时认真一点儿，考试时严格一点儿，他们就借个话头反对他，虽罢课也在所不惜。若是一位在政府有地位的人，来兼课，虽时时请假，他们还是欢迎得很；因为毕业后可以有阔老师做靠山。这种科举时代遗留下来劣根性，是于求学上很有妨碍的。所以我到校后第一次演说，就说明“大学学生，当以研究学术为天职，不当以大学为升官发财之阶梯”。然而要打破这些习惯，只有从聘请积学而热心的教员着手。

那时候因《新青年》上文学革命的鼓吹，而我们认识留美的胡适之君，他回国后，即请到北大任教授。胡君真是“旧学邃密”而且“新知深沉”的一个人，所以一方面与沈尹默、兼士兄弟，钱玄同，马幼渔，刘半农诸君以新方法整理国故，一方面整理英文系；因胡君之介绍而请到的好教员，颇不少。

我素信学术上的派别，是相对的，不是绝对的；所以每一种学科的教员，即使主张不同，若都是“言之成理、持之有故”的，就让他们并存，令学生有自由选择的余地。最明白的，是胡适之君与钱玄同君等绝对的提倡白话文学，而刘申叔、黄季刚诸君仍极端维护文言的文学；那时候就让他们并存。我信为应用起见，白话文必要盛行，我也常常作白话文，也替白话文鼓吹；然而我也声明：作美术文，用白话也好，用文言也好。例如我们写字，为应用起见，自然要写行楷，若如江艮庭君的用篆隶写药方，当然不可；若是为人写斗方或屏联，作装饰品，即写篆隶章草，有何不可？

那时候各科都有几个外国教员，都是托中国驻外使馆或外国驻华使馆介绍的，学问未必都好，而来校既久，看了中国教员的阑珊，也跟了阑珊起来，我们斟酌了一番，辞退几人，都按着合同上的条件办的，有一法国教员要控告我；有一英国教习竟要求英国驻华公使朱尔典来同我谈判，我不答应。朱尔典出去后，说：“蔡元培是不要再做校长的了”，我也一笑置之。

我从前在教育部时，为了各省高等学堂程度不齐，故改为各大学直接的预科；不意北大的预科，因历年校长的放任与预科学长的误会，竟演成独立的状态。那时候预科中受了教会学校的影响，完全偏重英语及体育两方面；其他科学比较的落后；毕业后若直升本科，发生困难。预科中竟自设了一个预科大学的名义，信笺上亦写此等字样。于是不能不加以改革，使预科直接受本科学长的管理，不再设预科学长。预科中主要的教课，均由本科教员兼任。

我没有本校与他校的界限，常为之通盘打算，求其合理化。是时北大设文、理、工、法、商五科，而北洋大学亦有工、法两科；北京又有一工业专门学校，都是国立的。我以为无此重复的必要，主张以北大的工科并入北洋，而北洋之法科，克期停办。得北洋大学校长同意及教育部核准，把土木工与矿冶工并到北洋去了。把工科省下来的经费，用在理科上。我本来想把法科与法专并成一科，专授法律，但是没有成功。我觉得那时候的商科，毫无设备，仅有一种普通商业学教课，于是并入法科，使已有的学生毕业后停止。

我那时候有一个理想，以为文、理两科，是农、工、医、药、法、商等应用科学的基础，而这些应用科学的研究时期，仍然要归到文理两科来。所以文理两科，必须设各种的研究所；而此两科的教员与毕业生必有若干人是终身在研究所工作，兼任教员，而不愿往别种机关去的。所以完全的大学，当然各科并设，有互相关联的便利。若无此能力，则不妨有一大学专办文理两科，名为本科，而其他应用各科，可办专科的高等学校，如德法等国的成例。以表示学与术的区别。因为北大的校舍与经费，决没有兼办各种应用科学的可能，所以想把法律分出去，而编为本科大学；然没有达到目的。

那时候我又有一个理想，以为文理是不能分科的。例如文科的哲学，必植基于自然科学；而理科学者最后的假定，亦往往牵涉哲学。从前心理学附入哲学，而现在用实验法，应列入理科；教育学与美学，也渐用实验法，有同一趋势。地理学的人文方面，应属文科，而地质地文等方面属理科。历史学自有史以来，属文科，而推原于地质学的冰期与宇宙生成论，则属于理科。所以把北大的三科界限撤去而列为十四系，废学长，设系主任。

我素来不赞成董仲舒罢黜百家独尊孔氏的主张。清代教育宗旨有“尊孔”一款，已于民元在教育部宣布教育方针时说他不合用了。到北大后，凡是主张文学革命的人，没有不同时主张思想自由的；因而为外间守旧者所反对。适有赵体孟君以编印明遗老刘应秋先生遗集，贻我一函，属约梁任公、章太炎、林琴南诸君品题；我为分别发函后，林君复函，列举彼对于北大怀疑诸点，我复一函，与他辩；这两函颇可窥见那时候两种不同的见解，所以抄在下面：（略，见本书“致《公言报》函并附答林琴南君函”。）

这两函虽仅为文化一方面之攻击与辩护，然北大已成为众矢之的，是无可疑了。越四十余日，而有五四运动。我对于学生运动，素有一种成见，以为学生在学校里面，应以求学为最大目的，不应有何等政治的组织。其有年在二十岁以上，对于政治有特殊兴趣者，可以个人资格参加政治团体，不必牵涉学校。所以民国七年夏间，北京各校学生，曾为外交问题，结队游行，向总统府请愿；当北大学生出发时，我曾力阻他们，他们一定要参与；我因此引咎辞职。经慰留而罢。到八年五月四日，学生又有不签字于巴黎和约与罢免亲日派曹、陆、章的主张，仍以结队游行为表示，我也就不去阻止他们了。他们因愤激的缘故，遂有焚曹汝霖住宅及攒殴章宗祥的事，学生被警厅逮捕者数十人，各校皆有，而北大学生居多数；我与各专门学校的校长向警厅力保，始释放。但被拘的虽已保释，而学生尚抱再接再厉的决心，政府亦且持不做不休的态度。都中喧传政府将明令免我职而以马其昶君任北大校长，我恐若因此增加学生对于政府的纠纷，我个人且将有运动学生保持地位的嫌疑，不可以不速去。乃一面呈政府，引咎辞职，一面秘密出京，时为五月九日。

那时候学生仍每日分队出去演讲，政府逐队逮捕，因人数太多，就把学生都监禁在北大第三院。北京学生受了这样大的压迫，于是引起全国学生的罢课，而且引起各大都会工商界的同情与公愤，将以罢工罢市为同样之要求。政府知势不可侮，乃释放被逮诸生，决定不签和约，罢免曹、陆、章，于是五四运动之目的完全达到了。

五四运动之目的既达，北京各校的秩序均恢复，独北大因校长辞职问题，又起了多少纠纷。政府曾一度任命胡次珊君继任，而为学生所反对，不能到校；各方面都要我复职。我离校时本预定决不回去，不但为校务的困难，实因校务以外，常常有许多不相干的缠绕，度一种劳而无功的生活，所以启事上有“杀君马者道旁儿；民亦劳止，汔可小休；我欲小休矣”等语。但是隔了几个月，校中的纠纷，仍在非我回校，不能解决的状态中，我不得已，乃允回校。回校以前，先发表一文，告北京大学学生及全国学生联合会，告以学生救国，重在专研学术，不可常为救国运动而牺牲（全文见《蔡孑民先生言行录》下册三三七至三四一页）。到校后，在全体学生欢迎会演说，说明德国大学学长、校长均每年一换，由教授会公举；校长且由神学、医学、法学、哲学四科之教授轮值；从未生过纠纷，完全是教授治校的成绩。北大此后亦当组成健全的教授会，使学校决不因校长一人的去留而起恐慌（全文见《言行录》三四一至三四四页）。

那时候蒋梦麟君已允来北大共事，请他通盘计划，设立教务总务两处；及聘任财务等委员会，均以教授为委员。请蒋君任总务长，而顾孟余君任教务长。

北大关于文学哲学等学系，本来有若干基本教员，自从胡适之君到校后，声应气求，又引进了多数的同志，所以兴会较高一点儿。预定的自然科学、社会科学、文学、国学四种研究所，只有国学研究所先办起来了。在自然科学与社会科学方面，比较的困难一点儿。自民国九年起，自然科学诸系，请到了丁巽甫、颜任光、李润章诸君主持物理系，李仲揆君主持地质系；在化学系本有王抚五、陈聘丞、丁庶为诸君，而这时候又增聘程寰西、石蘅青诸君。在生物学系本已有钟宪鬯君在东南西南各省搜罗动植物标本，有李石曾君讲授学理，而这时候又增聘谭仲逵君。于是整理各系的实验室与图书室，使学生在教员指导之下，切实用功；改造第二院礼堂与庭园，使合于讲演之用。在社会科学方面，请到王雪艇、周鲠生、皮皓白诸君；一面诚意指导提起学生好学的精神，一面广购图书杂志，给学生以自由考索的工具。丁巽甫君以物理学教授兼预科主任，提高预科程度。于是北大始达到各系平均发展的境界。

我是素来主张男女平等的，九年，有女学生要求进校，以考期已过，姑录为旁听生。及暑假招考，就正式招收女生。有人问我："兼收女生是新法，为什么不先请教育部核准？"我说："教育部的大学令，并没有专收男生的规定；从前女生不来要求，所以没有女生；现在女生来要求，而程度又够得上，大学就没有拒绝的理。"这是男女同校的开始，后来各大学都兼收女生了。

我是佩服章实斋先生的，那时候国史馆附设在北大，我定了一个计划，分征集纂辑两股；纂辑股又分通史，民国史两类；均从长编入手。并编历史辞典。聘屠敬山、张蔚西、薛阆仙、童亦韩、徐贻孙诸君分任征集编纂等务。后来政府忽又有国史馆独立一案，别行组织。于是张君所编的民国史，薛、童、徐诸君所编的辞典，均因篇帙无多，视同废纸；只有屠君在馆中仍编他的蒙兀儿史，躬自保存，没有散失。

我本来很注意于美育的，北大有美学及美术史教课，除中国美术史由叶浩吾君讲授外，没有人肯讲美学，十年，我讲了十余次，因足疾进医院停止。至于美育的设备，曾设书法研究会，请沈尹默、马叔平诸君主持。设画书研究会，请贺履之、汤定之诸君教授国画；比国楷次君教授油画。设音乐研究会，请萧友梅君主持。均听学生自由选习。

我在爱国学社时，曾断发而习兵操，对于北大学生之愿受军事训练的，常特别助成；曾集这些学生，编成学生军，聘白雄远君任教练之责，亦请蒋百里、黄膺伯诸君到场演讲。白君勤恳而有恒，历十年如一日，实为难得的军人。

我在九年的冬季，曾往欧美考察高等教育状况，历一年回来。这期间的校长任务，是由总务长蒋君代理的。回国以后，看北京政府的情形，日坏一日，我处在与政府常有接触的地位，日想脱离。十一年冬，财政总长罗钧任君忽以金佛郎问题被逮，释放后，又因教育总长彭允彝君提议，重复收禁。我对于彭君此举，在公议上，认为是蹂躏人权献媚军阀的勾当；在私情上，罗君是我在北大的同事，而且于考察教育时为最密切的同伴，他的操守，为我所深信，我不免大抱不平。与汤尔和、邵飘萍，蒋梦麟诸君会商，均认有表示的必要。我于是一面递辞呈，一面离京。隔了几个月，贿选总统的布置，渐渐的实现；而要求我回校的代表，还是不绝，我遂于十二年七月间重往欧洲，表示决心；至十五年，始回国。那时候，京津间适有战争，不能回校一看。十六年，国民政府成立，我在大学院，试行大学区制，以北大划入北平大学区范围，于是我的北京大学校长的名义，始得取消。

综计我居北京大学校长的名义，十年有半；而实际在校办事，不过五年有半，一经回忆，不胜惭悚。

世间最美的坟墓

——记一九二八年的一次俄国旅行

[奥地利] 茨威格

我在俄国所见到的景物再没有比列夫·托尔斯泰墓更宏伟、更感人的了。这将被后代怀着敬仰之情来朝拜的圣地，远离尘嚣，孤零零地躺在林荫里。顺着一条羊肠小路信步走去，穿过林间空地和灌木丛，便到了坟墓前。这只是一个长方形的土堆而已，无人守护，无人管理，只有几株大树荫庇。他的外孙女跟我讲，这些高大挺拔、在初秋的风中微微摇动的树木是托尔斯泰亲手栽种的。小的时候，他的哥哥尼古莱和他听保姆或村妇讲过一个古老传说，提到亲手种树的地方会变成幸福的所在。于是他们俩就在自己庄园的某块地上栽了几株树苗，这个儿童游戏不久也就被忘掉了。托尔斯泰晚年才想起这桩儿时往事和关于幸福的奇妙许诺，饱经忧患的老人突然从中获得了一个新的、更美好的启示。他当即表示愿意将来埋骨于那些亲手栽种的树木之下。

后事就这样办了，完全按照托尔斯泰的愿望。他的墓成了世间最美的、给人印象最深刻的、最感人的坟墓。它只是树林中的一个小小长方形土丘，上面开满鲜花，没有十字架，没有墓碑，没有墓志铭，连托尔斯泰这个名字也没有。这个比谁都感到为自己声名所累的伟人，就像偶尔被发现的流浪汉、不为人知的士兵一般不留姓名地被人埋葬了。谁都可以踏进他最后的安息地，围在四周的稀疏的木栅栏是不关闭的——保护列夫·托尔斯泰得以安息的没有任何别的东西，唯有人们的敬意，而通常，人们总是怀着好奇，去破坏伟人墓地的宁静。这里，逼人的朴素禁锢住任何一种观赏的闲情，并且不容许大声说话。夏天，风儿在俯临这座无名者之墓的树木之间飒飒响着，和暖的阳光在坟头嬉戏；冬天，白雪温柔地覆盖这片幽暗的土地。无论你在夏天或冬天经过这儿，你都想象不到，这个小小的、隆起的长方形包容着当代最伟大人物当中的一个。然而，恰恰是不留姓名，比所有挖空心思置办的大理石和奢华装饰更扣人心弦：在今天这个特殊的日子里，成百上千到他的安息地来的人中间没有一个有勇气，哪怕仅仅从这幽暗的土丘上摘下一朵花留作纪念。人们重新感到，这个世界上再也没有比这最后留下的、纪念碑式的朴素更打动人心的了。老残军人退休院大理石穹隆底下拿破仑的墓穴，魏玛公侯之墓中歌德的灵寝，西敏司寺里莎士比亚的石棺，看上去都不像树林中的这个只有风儿低吟，甚至全无人语声，庄严肃穆，感人至深的无名墓冢那样能剧烈震撼每一个人内心深藏着的感情。

（张厚仁　译）

伟大的悲剧

[奥地利] 茨威格

一九一二年一月十六日这一天，斯科特一行清晨起程，出发得比平时更早，为的是能早一点儿看到无比美丽的秘密。焦急的心情把他们早早地从自己的睡袋中拽了出来。到中午，这五个坚持不懈的人已走了十四公里。他们热情高涨地行走在荒无人迹的白色雪原上，因为现在再也不可能达不到目的地了，为人类所做的决定性的业绩几乎已经完成。可是突然之间，伙伴之一的鲍尔斯变得不安起来。他的眼睛紧紧盯着无垠雪地上的一个小小的黑点。他不敢把自己的猜想说出来：可能已经有人在这里树立了一个路标。但现在其他的人也都可怕地想到了这一点。他们的心在战栗，只不过还想尽量安慰自己罢了——就像鲁滨孙在荒岛上发现陌生人的脚印时竭力想把它看做是自己的脚印一样。其实，他们心中早已明白：以阿蒙森为首的挪威人已在他们之先到过这里了。

没过多久，他们发现雪地上插着一根滑雪杆，上面绑着一面黑旗，周围是他人扎过营地的残迹—— 滑雪板的痕迹和许多狗的足迹。在这严酷的事实面前也就不必再怀疑：阿蒙森在这里扎过营地了。千万年来人迹未至，或者说，太古以来从未被世人瞧见过的地球的南极点竟在极短的时间之内——即一个月内两次被人发现，这是人类历史上闻所未闻、最不可思议的事。而他们恰恰是第二批到达的人，他们仅仅迟到了一个月。虽然昔日逝去的光阴数以几百万个月计，但现在迟到的这一个月，却显得太晚太晚了——对人类来说，第一个到达者拥有一切，第二个到达者什么也不是。一切努力成了徒劳，历尽千辛万苦显得十分可笑，几星期、几个月、几年的希望简直可以说是癫狂。“历尽千辛万苦，无尽的痛苦烦恼，风餐露宿——这一切究竟为了什么？还不是为了这些梦想，可现在这些梦想全完了。”斯科特在他的日记中这样写道。泪水从他们的眼睛里夺眶而出。尽管精疲力竭，这天晚上他们还是夜不成眠。他们像被判了刑似的失去希望，闷闷不乐地继续走着那一段到极点去的最后路程，而他们原先想的是：欢呼着冲向那里。他们谁也不想安慰别人，只是默默地拖着自己的脚步往前走。一月十八日，斯科特海军上校和他的四名伙伴到达极点。由于他已不再是第一个到达这里的人，所以这里的一切并没有使他觉得十分耀眼。他只用冷漠的眼睛看了看这块伤心的地方。“这里看不到任何东西，和前几天令人毛骨悚然的单调没有任何区别。”——这就是罗伯特·福尔肯·斯科特关于极点的全部描写。他们在那里发现的唯一不寻常的东西，不是由自然界造成的，而是由角逐的对手造成的，那就是飘扬着挪威国旗的阿蒙森的帐篷。挪威国旗耀武扬威、洋洋得意地在这被人类冲破的堡垒上猎猎作响。它的占领者还在这里留下一封信，等待着这个不相识的第二名的到来，他相信这第二名一定会随他之后到达这里，所以他请他把那封信带给挪威的哈康国王。斯科特接受了这项任务，他要忠实地去履行这一最冷酷无情的职责：在世界面前为另一个人完成的业绩作证，而这一事业正是他自己所热烈追求的。

他们快快不乐地在阿蒙森的胜利旗帜旁边插上英国国旗——一面姗姗来迟的“联合王国的国旗”，然后离开了这块“辜负了他们雄心壮志”的地方。在他们身后刮来凛冽的寒风。斯科特怀着不祥的预感在日记中写道：“回去的路使我感到非常可怕。”

回来的路程危险增加了十倍，在前往极点的途中只要遵循罗盘的指引，而现在他们还必须顺着自己原来的足迹走去，在几个星期的行程中必须小心翼翼，绝对不能偏离自己原来的脚印，以免错过事先设置的贮藏点——在那里储存着他们的食物、衣服和凝聚着热量的几加仑煤油。但是漫天大雪封住了他们的眼睛，使他们每走一步都忧心忡忡，因为一旦偏离方向，错过了贮藏点，无异于直接走向死亡。况且他们体内已缺乏那种初来时的充沛精力，因为那时候丰富的营养所含有的化学能和南极之家的温暖营房都给他们带来了力量。

当初，他们一想到自己所进行的探险是人类的不朽事业时，就有超人的力量。而现在，他们仅仅是为了使自己的皮肤不受损伤、为了自己终将死去的肉体的生存、为了没有任何光彩的回家而斗争。在他们的内心深处，与其说盼望着回家，毋宁说更害怕回家。

阅读那几天的日记是可怕的。天气变得愈来愈恶劣，寒季比平常来得更早。他们鞋底下的白雪由软变硬，结成厚厚的冰凌，踩上去就像踩在三角钉上一样，每走一步都要粘住鞋，刺骨的寒冷吞噬着他们已经疲惫不堪的躯体。他们往往一连几天畏缩不前，走错路，每当他们到达一个贮藏点时，就稍稍高兴一阵，日记的字里行间重新闪现出信心的火焰。在阴森森的一片寂寞之中，始终只有这么几个人在行走，他们的英雄气概不能不令人钦佩。最能证明这一点的莫过于负责科学研究的威尔逊博士，在离死只有寸步之遥的时候，他还在继续进行着自己的科学观察。他的雪橇上，除了一切必需的载重外，还拖着十六公斤的珍贵岩石样品。

然而，人的勇气终于渐渐地为大自然的巨大威力所销蚀。这里的自然界是冷酷无情的，千万年来积聚的力量能使它像精灵似的召唤来寒冷、冰冻、飞雪、风暴——使用这一切足以毁灭人的法术来对付这五个鲁莽大胆的勇敢者。他们的脚早已冻烂。食物的定量愈来愈少，一天只能吃一顿热餐，由于热量不够，他们的身体已变得非常虚弱。一天，伙伴们可怕地发觉，他们中间最身强力壮的埃文斯突然精神失常。他站在一边不走了，嘴里念念有词，不停地抱怨着他们所受的种种苦难——有的是真的，有的是他的幻觉。从他语无伦次的话里，他们终于明白，这个苦命的人由于摔了一跤或者由于巨大的痛苦已经疯了。对他怎么办？把他抛弃在这没有生命的冰原上？不。可是另一方面，他们又必须毫不迟疑地迅速赶到下一个贮藏点，要不然……从日记里看不出斯科特究竟打算怎么办。二月十七日夜里一点钟，这位不幸的英国海军军士死去了。那一天他们刚刚走到“屠宰场营地”，重新找到了上个月屠宰的矮种马，第一次吃上比较丰盛的一餐。

现在只有四个人继续走路了，但灾难又降临到头上。下一个贮藏点带来的是新的痛苦和失望。储存在这里的煤油太少了，他们必须精打细算地使用这最为必需的用品——燃料，他们必须尽量节省热能，而热能恰恰是他们防御严寒的唯一武器。冰冷的黑夜，周围是呼啸不停的暴风雪，他们胆怯地睁着眼睛不能入睡，他们几乎再也没有力气把毡鞋的底翻过来。但他们必须继续拖着身子往前走，他们中间的奥茨已经在用冻掉了脚趾的脚板行走。风刮得比任何时候都厉害。三月二日，他们到了下一个贮藏点，但再次使他们感到可怕的绝望：那里储存的燃料又是非常之少。

现在他们真是惊慌到了极点。从日记中，人们可以觉察到斯科特如何尽量掩饰着自己的恐惧，但从强制的镇静中还是一再迸发出绝望的厉叫：“再这样下去，是不行了”，或者“上帝保佑呀！我们再也忍受不住这种劳累了”，或者“我们的戏将要悲惨地结束”。最后，终于出现了可怕的自白：“唯愿上帝保佑我们吧！我们现在已很难期望人的帮助了。”不过，他们还是拖着疲惫的身子，咬紧牙关，绝望地继续向前走呀，走呀。奥茨越来越走不动了，越来越成为朋友们的负担，而不再是什么帮手。一天中午，气温达到零下四十摄氏度，他们不得不放慢走路的速度，不幸的奥茨不仅感觉到，而且心里也明白，这样下去，他会给朋友们带来厄运，于是作好了最后的准备。他向负责科学研究的威尔逊要了十片吗啡，以便在必要时加快结束自己。他们陪着这个病人又艰难地走了一天路程。然后这个不幸的人自己要求他们将他留在睡袋里，把自己的命运和他们的命运分开来。但他们坚决拒绝了这个主意，尽管他们都清楚，这样做无疑会减轻大家的负担。于是病人只好用冻伤了的双腿踉踉跄跄地又走了若干公里，一直走到夜宿的营地。他和他们一起睡到第二天早晨。清早起来，他们朝外一看，外面是狂吼怒号的暴风雪。

奥茨突然站起身来，对朋友们说："我要到外边去走走，可能要多待一些时候。"其余的人不禁战栗起来。谁都知道，在这种天气下到外面去走一圈意味着什么。但是谁也不敢说一句阻拦他的话，也没有一个人敢伸出手去向他握别。他们大家只是怀着敬畏的心情感觉到：劳伦斯·奥茨——这个英国皇家禁卫军的骑兵上尉正像一个英雄似的向死神走去。

现在只有三个疲惫、羸弱的人吃力地拖着自己的脚步，穿过那茫茫无际、像铁一般坚硬的冰雪荒原。他们疲倦已极，已不再抱任何希望，只是靠着迷迷糊糊的直觉支撑着身体，迈着蹒跚的步履。天气变得愈来愈可怕，每到一个贮藏点，迎接他们的是新的绝望，好像故意捉弄他们似的，只留下极少的煤油，即热能。三月二十一日，他们离下一个贮藏点只有二十公里了。但暴风雪刮得异常凶猛，好像要人的性命似的，使他们无法离开帐篷。每天晚上他们都希望第二天能到达目的地，可是到了第二天，除了吃掉一天的口粮外，只能把希望寄托在第二个明天。他们的燃料已经告罄，而温度计却指在零下四十摄氏度。任何希望都破灭了。他们现在只能在两种死法中间进行选择：是饿死还是冻死。四周是白茫茫的原始世界，三个人在小小的帐篷里同注定的死亡进行了八天的斗争。三月二十九日，他们知道再也不会有任何奇迹能拯救他们了，于是决定不再迈步向厄运走去，而是骄傲地在帐篷里等待死神的来临，不管还要忍受怎样的痛苦。他们爬进各自的睡袋，却始终没有向世界哀叹过一声自己最后遭遇到的种种苦难。

凶猛的暴风雪像狂人似的袭击着薄薄的帐篷，死神正在悄悄地走来，就在这样的时刻，斯科特海军上校回想起了与自己有关的一切。因为只有在这种从未被人声冲破过的极度寂静之中、他才会悲壮地意识到自己对祖国、对全人类的亲密情谊。但是在这白雪皑皑的荒漠上，只有心中的海市蜃楼，它召来那些由于爱情、忠诚和友谊曾经同他有过联系的各种人的形象，他给所有这些人留下了话。斯科特海军上校在他行将死去的时刻，用冻僵的手指给他所爱的一切人写了书信。

斯科特海军上校的日记一直记到他生命的最后一息，记到他的手指完全冻住，笔从僵硬的手中滑下来为止。他希望以后会有人在他的尸体旁发现这些能证明他和英国民族勇气的日记，正是这种希望使他能用超人的毅力把日记写到最后一刻。最后一篇日记是他用已经冻伤的手指哆哆嗦嗦写下的愿望："请把这本日记送到我的妻子手中！"但他随后又悲伤地、坚决地划去了"我的妻子"这几个字，在它们上面补写了可怕的"我的遗孀"。

住在基地木板屋里的伙伴们等待了好几个星期，起初充满信心，接着有点儿忧虑，最后终于愈来愈不安。他们曾两次派出营救队去接应，但是恶劣的天气又把他们挡了回来。一直到南极的春天到来之际，十月二十九日，一支探险队才出发，至少要去找到那几位英雄的尸体。十一月十二日，他们到达那个帐篷，发现英雄们的尸体已冻僵在睡袋里，死去的斯科特还像亲兄弟似的搂着威尔逊。他们找到了那些书信和文件，并且为那几个悲惨死去的英雄们垒了一个石墓。在堆满白雪的墓顶上竖着一个简陋的黑色十字架。

在英国国家主教堂里，国王跪下来悼念这几位英雄。

一个人虽然在同不可战胜的厄运的搏斗中毁灭了自己，但他的心灵却因此变得无比高尚。所有这些在一切时代都是最伟大的悲剧。

（舒昌善　译）

故乡的野菜

周作人

我的故乡不止一个，凡我住过的地方都是故乡。故乡对于我并没有什么特别的情分，只因钓于斯游于斯的关系，朝夕会面，遂成相识，正如乡村里的邻舍一样，虽然不是亲属，别后有时也要想念到他。我在浙东住过十几年，南京东京都住过六年，这都是我的故乡，现在住在北京，于是北京就成了我的家乡了。

日前我的妻往西单市场买菜回来，说起有荠菜在那里卖着，我便想起浙东的事来。荠菜是浙东人春天常吃的野菜，乡间不必说，就是城里只要有后园的人家都可以随时采食，妇女小儿各拿一把剪刀一只"苗篮"，蹲在地上搜寻，是一种有趣味的游戏的工作。

那时小孩们唱道："荠菜马兰头，姊姊嫁在后门头。"后来马兰头有乡人拿来进城售卖了，但荠菜还是一种野菜，须得自家去采。关于荠菜向来颇有风雅的传说，不过这似乎以吴地为主。《西湖游览志》云："三月三日男女皆戴荠菜花。谚云：三春戴荠花，桃李羞繁华。"顾禄的《清嘉录》上亦说，"荠菜花俗呼野菜花，因谚有三月三蚂蚁上灶山之语，三日人家皆以野菜花置灶陉上，以厌虫蚁。侵晨村童叫卖不绝。或妇女簪髻上以祈清目，俗号眼亮花。"但浙东人却不很理会这些事情，只是挑来做菜或炒年糕吃罢了。

黄花麦果通称鼠麹草，系菊科植物，叶小，微圆互生，表面有白毛，花黄色，簇生梢头。春天采嫩叶，捣烂去汁，和粉作糕，称黄花麦果糕。小孩们有歌赞美之云：

黄花麦果韧结结，
关得大门自要吃，
半块拿弗出，
一块自要吃。

清明前后扫墓时，有些人家——大约是保存古风的人家——用黄花麦果作供，但不作饼状，做成小颗如指顶大，或细条如小指，以五六个作一攒，名曰茧果，不知是什么意思，或因蚕上山时设祭，也用这种食品，故有是称，亦未可知。自从十二三岁时外出不参与外祖家扫墓以后，不复见过茧果，近来住在北京，也不再见黄花麦果的影子了。日本称作“御形”，与齐菜同为春天的七草之一，也采来做点心用，状如艾饺，名曰“草饼”，春分前后多食之，在北京也有，但是吃去总是日本风味，不复是儿时的黄花麦果糕了。

扫墓时候所常吃的还有一种野菜，俗称草紫，通称紫云英。农人在收获后，播种田内，用作肥料，是一种很被贱视的植物，但采取嫩茎瀹食，味颇鲜美，似豌豆苗。花紫红色，数十亩接连不断，一片锦绣，如铺着华美的地毯，非常好看，而且花朵状若蝴蝶，又如鸡雏，尤为小孩所喜，间有白色的花，相传可以治痢。很是珍重，但不易得。日本《俳句大辞典》云：“此草与蒲公英同是习见的东西，从幼年时代便已熟识。在女人里边，不曾采过紫云英的人，恐未必有罢。”中国古来没有花环，但紫云英的花球却是小孩常玩的东西，这一层我还替那些小人们欣幸的。浙东扫墓用鼓吹，所以少年常随了乐音去看“上坟船里的姣姣”；没有钱的人家虽没有鼓吹，但是船头上篷窗下总露出些紫云英和杜鹃的花束，这也就是上坟船的确实的证据了。

李叔同

夏丏尊

五四前后中年人的寂寞，苦闷，在我们年轻的人是不大了解的。五四狂潮中，记得有一天晚上，沈仲九先生亲切地告诉我们："弘一法师（李叔同先生法名）若是到了现在，也不会出家了。"可是李叔同先生的出家，我们只当做一种谈助，他心底的谜，我们是猜不透的。

在我们教师中，李叔同先生最不会使我们忘记。他从来没有怒容，总是轻轻地像母亲一般吩咐我们。我曾经早晨三点钟起床练习弹琴，因为一节进行曲不会弹熟；他就这样旋转着我们的意向。同学中也有愿意跟他到天边的，也有立志以艺术作终身事业的，他给每个人以深刻的影响。伺候他的茶房，先意承志，如奉慈亲。想明道先生"录满窗前草不除"的融和境界，大抵若此。

"我们的李先生"，（同学间的称呼）能绘画，能弹琴作曲，字也写得很好，旧体诗词造诣极深，在东京时曾在春柳社演过茶花女；这样艺术全才，人总以为是个风流蕴藉的人。谁知他性情孤僻，律己极严，在外和朋友交际的事，从来没有，狷介得和白鹤一样。他来杭州第一师范担任艺术教师，已是中年了，长斋礼佛，焚香诵经，已经过居士的生活。民国六年，他忽然到西湖某寺去静修，绝食十四天，神色依然温润。其明年四月，他乃削发入山，与俗世远隔了。我们偶尔在玉泉寺遇到他，合十以外，亦无他语。有时走过西泠印社，看见崖上的印藏，指以相告，曰："这是我们李先生的。"那时彼此虽觉得失了敬爱的导师的寂寞，可也没有别的人生感触。后来五四大潮流来了，大家欢呼于狂涛之上，李先生的影子渐渐地淡了，远了。

近来忽然，从镜子里照见我自己的灵魂，五四的狂热日淡，厌世之念日深，不禁重复唤起李先生的影子来了。友人缘缘堂主和弘一法师过从最密，他差不多走完了李先生那一段路程，将以削发入山为其终结了。我乃重新来省察李先生当时的心境。李先生之于人，不以辩解，微笑之中，每蕴至理；我乃求之于其灵魂所寄托的歌曲。在我们熟练的歌曲中，落花、月、晚钟三歌正代表他心灵的三个境界。落花代表第一境界：

纷，纷，纷，纷，纷，纷，……
唯落花委地无言兮，化作泥尘；
寂，寂，寂，寂，寂，寂，……
何春光长逝不归兮，永绝消息。
忆春风之日暝，芳菲菲以争妍；
既乖荣以发秀，倏条节易而时迁，春残。
览落红之辞枝兮，伤花事其阑珊；
已矣！春秋其代序以递嬗兮，念迟暮，
荣枯不须臾，盛衰有常数！
人生之浮华若朝露兮，泉壤与哀；
朱华易消歇，青春不再来！

这是他中年后对于生命无常的感触，那时期他是非常苦闷的，艺术虽是心灵寄托的深谷，而他还觉得没有着落似的。不久，他静悟到另一境界，那便是月所代表的境界：

仰碧空明明，朗月悬太清；

瞰下界扰扰，尘欲迷中道！

唯愿灵光普万方，荡涤垢滓扬芬芳。

虚渺无极，圣洁神秘，灵光常仰望！

他既作此超现实的想望，把心灵寄托于彼岸，顺理成章，必然地走到晚钟的境界：

大地沈沈落日眠，平墟漠漠晚烟残；

幽鸟不鸣暮色起，万籁俱寂丛林寒。

浩荡飘起天杪，摇曳钟声出尘表；

绵绵灵响彻心弦，蚴蚴幽思凝冥杳。

众生病苦谁持扶？尘网颠倒泥涂淤。

唯神悯恤敷大德，拯吾罪恶成正觉；

誓心稽首永皈依，冥冥入定陈虔祈。

倏忽光明烛太虚，云端仿佛天门破；

庄严七宝迷氤氲，瑶华翠羽垂缤纷。

浩灵光兮朝圣真，拜手承神恩！

仰天衢兮瞻慈云，忽现忽若隐！

钟声沈暮天，神恩永存在，

神之恩，大无外！

弘一法师出家后，刻苦修行，治梵典勤且笃，和太虚法师那些吹法螺的上人又不相同。他在和尚队中，该是十分孤独寂寞的罢！

相传弘一法师近来衰病日侵，他对于生命的究竟当有更深切的了悟，惟这涅境方是真解脱，我们祝福他！

九年的家乡教育（节选）

胡　适

我小时候身体弱，不能跟着野蛮的孩子们一块儿玩。我母亲也不准我和他们乱跑乱跳。小时不曾养成活泼游戏的习惯，无论在什么地方，我总是文绉绉的。所以家乡老辈都说我“像个先生样子”，遂叫我做“穈先生”。这个绰号叫出去之后，人都知道三先生的小儿子叫做穈先生了。既有“先生”之名，我不能不装出点儿“先生”样子，更不能跟着顽童们“野”了。有一天，我在我家八字门口和一班孩子“掷铜钱”，一位老辈走过，见了我，笑道：“穈先生也掷铜钱吗？”我听了羞愧得面红耳热，觉得大失了“先生”的身份！

大人们鼓励我装先生样子，我也没有嬉戏的能力和习惯，又因为我确是喜欢看书，所以我一生可算是不曾享过儿童游戏的生活。每年秋天，我的庶祖母同我到田里去“监割”（顶好的田，水旱无忧，收成最好，佃户每约田主来监割，打下谷子，两家平分。），我总是坐在小树下看小说。十一二岁时，我稍活泼一点，居然和一群同学组织了一个戏剧班，做了一些木刀竹枪，借得了几个假胡须，就在村口田里做戏。我做的往往是诸葛亮、刘备一类的文角儿；只有一次我做史文恭，被花荣一箭从椅子上射倒下去，这算是我最活泼的玩意儿了。

我在这九年（1895-1904）之中，只学得了读书写字两件事。在文字和思想（看下章）的方面，不能不算是打了一点底子。但别的方面都没有发展的机会。有一次我们村里“当朋”（八都凡五村，称为

“五朋”，每年一村轮着做太子会，名为“当朋”。），筹备太子会，有人提议要派我加入前村的昆腔队里学习吹笙或吹笛，族里长辈反对，说我年纪太小，不能跟着太子会走遍五朋。于是我失掉了这学习音乐的唯一机会。三十年来，我不曾拿过乐器，也全不懂音乐，究竟我有没有一点学音乐的天资，我至今还不知道。至于学图画，更是不可能的事。我常常用竹纸蒙在小说的石印绘象上，摹画书上的英雄美人。有一天，被先生看见了，挨了一顿大骂，抽屉里的图画都被搜出撕毁了。于是我又失掉了学做画家的机会。

但这九年的生活，除了读书看书之外，究竟给了我一点做人的训练。在这一点上，我的恩师就是我的慈母。

每天天刚亮时，我母亲就把我喊醒，叫我披衣坐起。我从不知道她醒来坐了多久了。她看见我清醒了，才对我说昨天我做错了什么事，说错了什么话，要我用功读书。有时候她对我说父亲的种种好处，她说，“你总要踏上你老子的脚步。我一生只晓得这一个完全的人，你要学他，不要跌他的股。”（跌股便是丢脸，出丑。）她说到伤心处，往往掉下泪来。到天大明时，她才把我的衣服穿好，催我去上早学。学堂门上的锁匙放在先生家里；我先到学堂门口一望，便跑到先生家里去敲门。先生家里有人把锁匙从门缝里递出来，我拿了跑回去，开了门，坐下念生书。十天之中，总有八九天我是第一个去开学堂门的。等到先生来了，我背了生书，才回家吃早饭。

我母亲管束我最严，她是慈母兼任严父。但她从来不在别人面前骂我一句，打我一下。我做错了事，她只对我一望，我看了她的严厉眼光，就吓住了。犯的事小，她等到第二天早晨我睡醒时才教训我。犯的事大，她等到晚上人静时，关了房门，先责备我，然后行罚，或罚跪，或拧我的肉。无论怎样重罚，总不许我哭出声来。她教训儿子不是借此出气叫别人听的。

有一个初秋的傍晚，我吃了晚饭，在门口玩，身上只穿了一件单背心。这时候我母亲的妹子玉英姨母在我家住，她怕我冷，拿了一件小衫出来叫我穿上。我不肯穿，她说："穿上吧，凉了。"我随口回答："娘（凉）什么！老子都不老子呀。"我刚说了这句话，一抬头，看见母亲从家里走出，我赶快把小衫穿上。但她已听见这句轻薄的话了。晚上人静后，她罚我跪下，重重的责罚了一顿。她说："你没了老子，是多么得意的事！好用来说嘴！"她气的坐着发抖，也不许我上床去睡。我跪着哭，用手擦眼泪，不知擦进了什么微菌，后来足足害了一年多的眼翳病。医来医去，总医不好。我母亲心里又悔又急，听说眼翳可以用舌头舔去，有一夜她把我叫醒，她真用舌头舔我的病眼。这是我的严师，我的慈母。

我母亲二十三岁做了寡妇，又是当家的后母。这种生活的痛苦，我的笨笔写不出一万分之一二。家中财政本不宽裕，全靠二哥在上海经营调度。大哥从小就是败子，吸鸦片烟，赌博，钱到手就光，光了就回家打主意，见了香炉就拿出去卖，捞着锡茶壶就拿出去押。我母亲几次邀了本家长辈来，给他定下每月用费的数目。但他总不够用，到处都欠下烟债赌债。每年除夕我家中总有一大群讨债的，每人一盏灯笼，坐在大厅上不肯去。大哥早已避出去了。大厅的两排椅子上满满的都是灯笼和债主。我母亲走进走出，料理年夜饭，谢灶神，压岁钱等事，只当做不曾看见这一群人。到了近半夜，快要"封门"了，我母亲才走后门出去，央一位邻舍本家到我家来，每一家债户开发一点钱。做好做歹的，这一群讨债的才一个一个提着灯笼走出去。一会儿，大哥敲门回来了。我母亲从不骂他一句。并且因为是新年，她脸上从不露出一点怒色。这样的过年，我过了六七次。

大嫂是个最无能而又最不懂事的人，二嫂是个很能干而气量很窄小的人。她们常常闹意见，只因为我母亲的和气榜样，她们还不曾有公然相骂相打的事。她们闹气时，只是不说话，不答话，把脸放下来，叫人难看；二嫂生气时，脸色变青，更是怕人。她们对我母亲闹气时，也是如此。我起初全不懂得这一套，后来也渐渐懂得看人的脸色了。我渐渐明白，世间最可厌恶的事莫如一张生气的脸；世间最下流的事莫如把生气的脸摆给旁人看。这比打骂还难受。

我母亲的气量大，性子好，又因为做了后母后婆，她更事事留心，事事格外容忍。大哥的女儿比我只小一岁，她的饮食衣料总是和我一样。我和她有小争执，总是我吃亏，母亲总是责备我，要我事事让她。后来大嫂二嫂都生了儿子了，她们生气时便打骂孩子来出气，一面打，一面用尖刻有刺的话骂给别人听。我母亲只装不听见。有时候，她实在忍不住了，便悄悄走出门去，或到左邻立大嫂家去坐一会儿，或走后门到后邻度嫂家去闲谈。她从不和两个嫂子吵一句嘴。

每个嫂子一生气，往往十天半个月不歇，天天走进走出，板着脸，咬着嘴，打骂小孩子出气。我母亲只忍耐着，忍到实在不可再忍的一天，她也有她的法子。这一天的天明时，她就不起床，轻轻地哭一场。她不骂一个人，只哭她的丈夫，哭她自己命苦，留不住她的丈夫来照管她。她先哭时，声音很低，渐渐哭出声来。我醒了起来劝她，她不肯住。这时候，我总听得见前堂（二嫂住前堂东房）或后堂（大嫂住后堂西房）有一扇房门开了，一个嫂子走出房向厨房走去。不多一会儿，那位嫂子来敲我们的房门了。我开了房门，她走进来，捧着一碗热茶，送到我母亲床前，劝她止哭，请她喝口热茶。我母亲慢慢停住哭声，伸手接了茶碗，那位嫂子站着劝一会儿，才退出去。没有一句话提到什么人，也没有一个字提到这十天半个月来的气脸，然而各人心里明白，泡茶进来的嫂子总是那十天半个月来闹气的人。奇怪的很，这一哭之后，至少有一两个月的太平清静日子。

我母亲待人最仁慈，最温和，从来没有一句伤人感情的话。但她有时候也很有刚气，不受一点人格上的侮辱。我家五叔是个无正业的浪人，有一天在烟馆里发牢骚，说我母亲家中有事总请某人帮忙，大概总有什么好处给他。这句话传到了我母亲耳朵里，她气得大哭，请了几位本家来，把五叔喊来，当面质问他她给了某人什么好处。直到五叔当众认错赔罪，她才罢休。

我在我母亲的教训之下住了九年，受了她的极大极深的影响。我十四岁（其实只有十二岁零两三个月）就离开她了，在这广漠的人海里独自混了二十多年，没有一个人管束过我。如果我学得了一丝一毫的好脾气，如果我学得了一点点待人接物的和气，如果我能宽恕人，体谅人，——我都得感谢我的慈母。

芭蕉花

郭沫若

这是我五六岁时的事情了。我现在想起了我的母亲，突然记起了这段故事。

我的母亲六十六年前是生在贵州省黄平州的。我的外祖父杜琢章公是当时黄平州的州官。到任不久，便遇到苗民起事，致使城池失守，外祖父手刃了四岁的四姨，在公堂上自尽了。外祖母和七岁的三姨跳进州署的池子里殉了节，所用的男工女婢也大都殉难了。我们的母亲那时才满一岁。刘奶妈把我们的母亲背着已经跳进了池子，但又逃了出来。在途中遇着过两次匪难，第一次被劫去了金银首饰，第二次被劫去了身上的衣服。忠义的刘奶妈在农人家里讨了些稻草来遮身，仍然背着母亲逃难。逃到后来遇着赴援的官军才得了解救。最初流到贵州省城，其次又流到云南省城，倚人庐下，受了种种的虐待，但是忠义的刘奶妈始终是保护着我们的母亲。直到母亲满了四岁，大舅赴黄平收尸，便道往云南，才把母亲和刘奶妈带回了四川。

母亲在幼年时分是遭受过这样不幸的人。

母亲在十五岁的时候到了我们家里来，我们现存的兄弟姊妹共有八人，听说还死了一见三姐。那时候我们的家道寒微，一切炊洗洒扫要和妯娌分担，母亲又多子息，更受了不少的累赘。

白日里家务奔忙，到晚来背着弟弟在菜油灯下洗尿布的光景，我在小时还亲眼见过。我至今也还记得。

母亲因为这样过于劳苦的缘故，身子是异常衰弱的，每年交秋的时候总要晕倒一回，在旧时称为“晕病”，但在现在想来，这怕是在产褥中，因为摄养不良的关系所生出的子宫病吧。

晕病发了的时候，母亲倒睡在床上，终日只是呻吟呕吐，饭不消说是不能吃的，有时候连茶也几乎不能进口。像这样要经过两个礼拜的光景，又才渐渐回复起来，完全是害了一场大病一样。

芭蕉花的故事是和这晕病关联着的。

在我们四川的乡下，相传这芭蕉花是治晕病的良药。母亲发了病时，我们便要四处托人去购买芭蕉花。但这芭蕉花是不容易购买的。因为芭蕉在我们四川很不容易开花，开了花时乡里人都视为祥瑞，不肯轻易摘卖。好容易买得了一朵芭蕉花了，在我们小的时候，要管两只肥鸡的价钱呢。

芭蕉花买来了，但是花瓣是没有用的，可用的只是瓣里的蕉子。蕉子在已经形成了果实的时候也是没有用的，中用的只是蕉子几乎还是雌蕊的阶段，一朵花上实在是采不出许多的这样的蕉子来。

这样的蕉子是一点儿也不好吃的，我们吃过香蕉的人，如以为吃那蕉子怕会和吃香蕉一样，那是大错而特错了。有一回母亲吃蕉子的时候，在床边上挟过一箸给我，简直是涩得不能入口。

芭蕉花的故事便是和我母亲的晕病关联着的。

我们四川人大约是外省人居多，在张献忠剿了四川以后——四川人有句话说：“张献忠剿四川，杀得鸡犬不留”——在清初时期好像有过一个很大的移民运动。外省籍的四川人各有各的会馆，便是极小的乡镇也都是有的。

我们的祖宗原是福建的人，在汀州府的宁化县，听说还有我们的同族住在那里。我们的祖宗正是在清初时分入了四川的，卜居在峨眉山下一个小小的村里。我们福建人的会馆是天后宫，供的是一位女神叫做“天后圣母”。这天后宫在我们村里也有一座。

那是我五六岁时候的事了。我们的母亲又发了晕病。我同我的二哥，他比我要大四岁，同到天后宫去。那天后宫离我们家里不过半里路光景，里面有一座散馆，是福建人子弟读书的地方。我们去的时候散馆已经放了假，大概是中秋前后了。我们隔着窗看见散馆园内的一簇芭蕉，其中有一株刚好开着一朵大黄花，就像尖瓣的莲花一样。我们是欢喜极了。那时候我们家里正在找芭蕉花，但在四处都找不出。我们商量着便翻过窗去摘取那朵芭蕉花。窗子也不过三四尺高的光景，但我那时还不能翻过，是我二哥擎我过去的。我们两人好容易把花苞摘了下来，二哥怕人看见，把来藏在衣袂下同路回去。回到家里了，二哥叫我把花苞拿去献给母亲。我捧着跑到母亲的床前，母亲问我是从什么地方拿来的，我便直说是在天后宫掏来的。我母亲听了便大大地生气，她立地叫我们跪在床前，只是连连叹气地说："啊，娘生下了你们这样不争气的孩子，为娘的倒不如病死的好了！"我们都哭了，但我也不知为什么事情要哭。不一会儿父亲晓得了，他又把我们拉去跪在大堂上的祖宗面前打了我们一阵。我挨掌心是这一回才开始的，我至今也还记得。

我们一面挨打，一面伤心。但我不知道为什么该讨我父亲、母亲的气。母亲病了要吃芭蕉花，在别处园子里掏了一朵回来，为什么就犯了这样大的过错呢？

芭蕉花没有用，抱去奉还了天后圣母，大约是在圣母的神座前干掉了吧？

这样的一段故事，我现在一想到母亲，无端地便涌上了心来。我现在离家已十二三年，值此新秋，又是风雨飘摇的深夜，天涯羁客不胜落寞的情怀，思念着母亲，我一阵阵鼻酸眼胀。

啊，母亲，我慈爱的母亲哟！你儿子已经到了中年，在海外已自娶妻生子了。幼年时摘取芭蕉花的故事，为什么使我父亲、母亲那样的伤心，我现在是早已知道了。但是，我正因为知道了，竟失掉了我摘取芭蕉花的自信和勇气。这难道是进步吗？

读《芝兰与茉莉》因而想及我的祖母

许地山

正要到哥伦比亚的检讨室里校阅梵籍，和死和尚争虚实，经过我的邮筒，明知每次都是空开的，还要带着希望姑且开来看看。这次可得着一卷东西，知道不是一分钟可以念完的，遂插在口袋里，带到检讨室去。

我正研究唐代佛教在西域衰灭的原因，翻起史太因在和阗所得的唐代文契，一读马令痣同母党二娘向护国寺憎虎英借钱的私契，妇人许十四典首饰契，失名人的典婢契等等，虽很有趣，但掩卷一想，根当时的和尚只会营利，不顾转法轮，无怪回纥一入，便尔扫灭无余。

为释迦文担忧，本是大愚，会不知成、住、坏、空，是一切法性？不看了，掏出口袋里的邮件，看看是什么吧。

《芝兰与茉莉》

这名字很香呀！我把纸笔都放在一边，一气地读了半天工夫——从头至尾，一句一字细细地读。这自然比看唐代死和尚的文契有趣。读后的余韵，常绕缭于我心中，像这样的文艺很合我情绪的胃口似的。

读中国的文艺和读中国的绘画一样。试拿山水——西洋画家叫做“风景画”——来做个例：我们打稿（Composition）是鸟瞰的、纵的，所以从近处的溪桥，而山前的村落，而山后的帆影，而远地的云山；西洋风景画是水平的、横的，除水平线上下左右之外，理会不出幽深的、绵远的兴致。所以中国画宜于纵的长方，西洋画宜于横的长方。文艺也是如此：西洋人的取材多以“我”和“我的女人或男子”为主，故属于横的，夫妇的；中华人的取材多以“我”和“我的父母或子女”为主，故属于纵的、亲子的。描写亲子之爱应当是中华人的特长，看近来的作品，究其文心，都函这唯一义谛。

爱亲的特性是中国文化的细胞核，除了它，我们早就要断发短服了！我们将这种特性来和西洋的对比起来，可以说中华民族是爱父母的民族，那边欧西是爱夫妇的民族。因为是“爱父母的”，故叙事直贯，有始有终，源源本本，自自然然地说下来。这“说来话长”的特性——很和拔丝山药一样地甜热而粘——可以在一切作品里找出来。无论写什么，总有从盘古以来说到而今的倾向。写孙悟空总得从猴子成精说起；写贾宝玉总得从顽石变灵说起；这写生生因果的好尚是中华文学的文心，是纵的，是亲子的，所以最易抽出我们的情绪。

八岁时，读《诗经 · 凯风》和《陟岵》，不晓得怎样，眼泪没得我的同意就流下来？九岁读《檀弓》到“今丘也，东西南北之人也”一段，伏案大哭。先生问我：“今天的书并没给你多上，也没生字，为何委屈？”我说：“我并不是委屈，我只伤心这‘东西南北’四字。”第二天，接着念“晋献公将杀其世子申生”一段，到“天下岂有无父之国哉？”又哭。直到于今，这“东西南北”四个字还能使我一念便伤怀。我常反省这事，要求其使我哭泣的缘故。不错，爱父母的民族的理想生活便是在这里生、在这里长、在这里聚族、在这里埋葬，东西南北地跑当然是一种可悲的事了。因为离家、离父母、离国是可悲的，所以能和父母、乡党过活的人是可羡的。无论什么也都以这事为准绳：做文章为这一件大事做，讲爱情为这一件大事讲，我才理会我的“上坟瘾”不是我自己所特有，是我所属的民族自盘古以来遗传给我的。你如自己念一念“可爱的家乡啊！我睡眼蒙眬里，不由得不乐意接受你欢迎的诚意。”和“明儿……你真要离开我了么？”应作如何感想？

爱夫妇的民族正和我们相反。夫妇本是人为，不是一生下来就铸定了彼此的关系。相逢尽可以不相识，只要各人带着，或有了各人的男女欲，就可以。你到什么地方，这欲跟到什么地方，它可以在一切空间显其功用，所以在文心上无需溯其本源，究其终局，干干脆脆，Just a word，也可以自成段落。爱夫妇的心境本含有一种舒展性和侵略性，所以乐得东西南北，到处地跑。夫妇关系可以随地随时发生，又可以强侵软夺，在文心上当有一种“霸道”、“喜新”、“乐得”、“为我自己享受”的倾向。

总而言之，爱父母的民族的心地是“生”；爱夫妇的民族的心地是“取”。生是相续的，取是广延的。我们不是爱夫妇的民族，故描写夫妇，并不为夫妇而描写夫妇，是为父母而描写夫妇。我很少见——当然是我少见——中国文人描写夫妇时不带着“父母的”的色彩；很少见单独描写夫妇而描写得很自然的。这并不是我们不愿描写，是我们不惯描写广延性的文字的缘故。从对面看，纵然我们描写了，人也理会不出来。

《芝兰与茉莉》开宗第一句便是“祖母真爱我！”这已把我的心牵引住了，“祖母爱我”，当然不是爱夫妇的民族所能深味，但它能感我和《檀弓》差不了多少。“垂老的祖母，等得小孩子奉甘旨吗？”子女生活是为父母的将来，父母的生活也是为着子女，这永远解不开的结，结在我们各人心中。触机便发表于文字上。谁没有祖父母、父母呢？他们的折磨、担心，都是像夫妇一样有个我性的吗？丈夫可以对妻子说：“我爱你，故我要和你同住”；或“我不爱你，你离开我吧”。妻子也可以说：“人尽可夫，何必你？”但子女对于父母总不能有这样的天性。所以做父母的自自然然要为子女担忧受苦，做子女的也为父母之所爱而爱，为父母而爱为第一件事。爱既不为我专有，“事之不能尽如人意”便为此说出来了。从爱父母的民族眼中看夫妇的爱是为三件事而起，一是继续这生生的线，二是往溯先人的旧典，三是承纳长幼的情谊。

说起书中人的祖母，又想起我的祖母来了。“事之不能尽如人意者，夫复何言！”我的祖母也有这相同的境遇呀！我的祖母，不说我没见过，连我父亲也不曾见过，因为她在我父亲未生以前就去世了。这岂不是很奇怪的吗？不如意的事多着呢！爱祖母的明官，你也愿意听听我说我祖母的失意事吗？

八十年前，台湾府——现在的台南——城里武馆街有一家，八个兄弟同一个老父亲同住着，除了第六、七、八的弟弟还没娶以外，前头五个都成家了。兄弟们有做武官的，有做小乡绅的，有做买卖的。那位老四，又不做武官又不做绅士，更不会做买卖。他只喜欢念书，自己在城南立了一所小书塾名叫窥园，在那里一面读，一面教几个小学生。他的清闲，是他兄弟们所羡慕，所嫉妒的。

这八兄弟早就没有母亲了。老父亲很老，管家的女人虽然是妯娌们轮流着当，可是实在的权柄是在一位大姑手里。这位大姑早年守寡，家里没有什么人，所以常住在外家。因为许多弟弟是她帮忙抱大的，所以她对于弟弟们很具足母亲的威仪。

那年夏天，老父亲去世了。大姑当然是“阃内之长”，要督责一切应办事宜的。早晚供灵的事体，照规矩是媳妇们轮着办的。那天早晨该轮到四弟妇上供了。四弟妇和四弟是不上三年的夫妇，同是二十多岁，情爱之浓是不消说的。

大姑在厅上嚷：“素官，今早该你上供了。怎么这时候还不出来？”

居丧不用粉饰面，把头发理好，也无需盘得整齐，所以晨妆很省事。她坐在妆台前，嚼槟榔，还吸一管旱烟。这是台湾女人们最普遍的嗜好。有些女人喜欢学土人把牙齿染黑了，她们以为牙齿白得像狗的一样不好看，将槟榔和着荖叶、熟灰嚼，日子一久，就可以使很白的牙齿变为漆黑。但有些女人是喜欢白牙的，她们也嚼槟榔，不过把灰减去就可以。她起床，漱口后第一件事是嚼槟榔，为的是使牙齿白而坚固。外面大姑的叫唤，她都听不见，只是嚼着，还吸着烟在那里出神。

四弟也在房里，听见姊姊叫着妻子，便对她说："快出去吧。姊姊要生气了。"

"等我嚼完这口槟榔，吸完这口烟才出去。时候还早咧。"

"怎么你不听姊姊的话？"

"为什么要听你姊姊的话？你为什么不听我的话？"

"姊姊就像母亲一样。丈夫为什么要听妻子的话？"

"'人未娶妻是母亲养的，娶了妻就是妻子养的。'你不听妻子的话，妻子可要打你，好像打小孩子一样。"

"不要脸，哪里来得这么大的孩子！我试先打你一下，看你打得过我不。"老四带着嬉笑的样子，拿着拓扇向妻子的头上要打下去。妻子放下烟管，一手抢了扇子，向着丈夫的额头轻打了一下，"这是谁打谁了！"

夫妇们在殡前是要在孝堂前后的地上睡的，好容易到早晨同进屋里略略梳洗一下，借这时间谈谈。他对于享尽天年的老父亲的悲哀，自然盖不过对于婚媾不久的夫妇的欢愉。所以，外头虽然尽其孝思；里面的"琴瑟"还是一样地和鸣。中国的天地好像不许夫妇们在丧期里有谈笑的权利似的。他们在闹玩时，门帘被风一吹，可巧被姊姊看见了。姊姊见她还没出来，正要来叫她，从布帘飞处看见四弟妇拿着拓扇打四弟，那无明火早就高起了一万八千丈。

"哪里来的泼妇，敢打她的丈夫！"姊姊生气嚷着。

老四慌起来了。他挨着门框向姊姊说："我们闹着玩的，没有什么事。"

"这是闹着玩的时候吗？怎么这样懦弱，教女人打了你，还替她说话？我非问她外家，看看这是什么家教不可。"

他退回屋里，向妻子伸伸舌头，妻子也伸着舌头回答他。但外面越呵责越厉害了。越呵责，四弟妇越不好意思出去上供，越不敢出去越要挨骂，妻子哭了。他在旁边站着，劝也不是，慰也不是。

她有一个随嫁的丫头，听得姑太越骂越有劲，心里非常害怕。十三四岁的女孩，哪里会想事情的关系如何？她私自开了后门，一直跑回外家，气喘喘地说："不好了！我们姑娘被他家姑太骂得很厉害，说要赶她回来咧！"

亲家爷是个商人，头脑也很率直，一听就有了气，说："怎样说得这样容易——要就取去，不要就扛回来？谁家养女儿是要受别人的女儿欺负的？"他是个杂货行主，手下有许多工人，一号召，都来聚在他面前。他又不打听到底是怎么一回事，对着工人们一气地说："我家姑娘受人欺负了。你们替我到许家去出出气。"工人一轰，就到了那有丧事的亲家门前，大兴问罪之师。

里面的人个个面对面呈出惊惶的状态。老四和妻子也相对无言，不晓得要怎么办才好。外面的人们来得非常横逆，经兄弟们许多解释然后回去。姊姊更气得凶，跑到屋里，指着四弟妇大骂特骂起来。

"你这泼妇，怎么这一点点事情，也值得教外家的人来干涉？你敢是依仗你家里多养了几个粗人，就来欺负我们不成？难道你不晓得我们诗礼之家在丧期里要守制的吗？你不孝的贱人，难道丈夫叫你出来上供是不对的，你就敢用扇头打他？你已犯七出之条了，还敢起外家来闹？好，要吃官司，你们可以一同上堂去，请官评评。弟弟是我抱大的，我总可以做抱告。"

妻子才理会丫头不在身边。但事情已是闹大了，自己不好再辩，因为她知道大姑的脾气，越辩越惹气。

第二天早晨，姊姊召集弟弟们在灵前，对他们说："像这样的媳妇还要得吗？我想待一会儿，就扛她回去。"这大题目一出来，几个弟弟都没有话说，最苦的就是四弟了。他知道"扛回去"就是犯"七出之条"时"先斩后奏"的办法，就颤声地向姊姊求情，姊姊鄙夷地说："没志气的懦夫，还敢要这样的妇人吗？她昨日所说的话我都听见了。女子多着呢，日后我再给你挑个好的。我们已预备和她家打官司，看看是礼教有势，还是她家工人的力量大。"

当事的四弟那时实在是成了懦夫了！他一点儿勇气也没有，因为这"不守制"、"不敬夫"的罪名太大了，他自己一时也找不出什么话来证明妻子的无罪，有赦免的余地。他跑进房里，妻子哭得眼都肿了。他也哭着向妻子说："都是你不好！"

"是，……是……我我……我不好，我对对……不起你！"妻子抽噎着说。丈夫也没有什么话可安慰她，只挨着她坐下，用手抚着她的脖项。

果然姊姊命人雇了一顶轿子，跑进房里，硬把她扶出来，把她头上的白麻硬换上一缕红丝，送她上轿去了。这意思就是说她此后就不是许家的人，可以不必穿孝。

"我有什么感想呢？我该有怎样的感想呢？懦夫呵！你不配腼颜在人世，就这样算了吗？自私的我，却因为不贯彻无勇气而陷到这种地步，夫复何言！"当时他心里也未必没有这样的语言。他为什么懦弱到这步田地？要知道他原不是生在为夫妇的爱而生活的地方呀！

王亲家看见平地里把女儿扛回来，气得在堂上发抖。女儿也不能说什么，只跪在父亲面前大哭。老亲家口口声声说要打官司，女儿直劝无需如此，是她的命该受这样折磨的，若动官司只能使她和丈夫吃亏，而且把两家的仇恨结得越深。

老四在守制期内是不能出来的。他整天守着灵想妻子。姊姊知道他的心事，多方地劝慰他。姊姊并不是深恨四弟妇，不过她很固执，以为一事不对就事事不对，一时不对就永远不对。她看"礼"比夫妇的爱要紧。礼是古圣人定下来，历代的圣贤亲自奉行的。妇人呢？这个不好，可以挑那个。所以夫妇的配合只要有德有貌，像那不德、无礼的妇人，尽可以不要。

出殡后，四弟仍到他的书塾去。从前，他每夜都要回武馆街去的。自妻去后，就常住在窥园。他觉得一到妻子房里冷清清的，一点儿意思也没有，不如在书房伴着书眠还可以忘其愁苦。唉，情爱被压的人都是要伴书眠的呀！

天色晚，学也散了。他独在园里一棵芒果树下坐着发闷。妻子的随嫁丫头蓝从园门直走进来，他虽熟视着，可像不理会一样。等到丫头叫了他一声“姑爷”，他才把着她的手臂，如见了妻子一般。他说，“你怎么敢来？……姑娘好吗？”

“姑娘命我来请你去一趟。她这两天不舒服，躺在床上哪，她吩咐掌灯后才去，恐怕人家看见你，要笑话你。”

她说完，东张西望，也像怕人看见她来，不一会儿就走了。那几点钟的黄昏偏又延长了，他好容易等到掌灯时分！他到妻子家里，丫头一直就把他带到楼上，也不敢教老亲家知道。妻子的面比前几个月消疲了，他说：“我的……”，他说不下去了，只改过来说，“你怎么瘦得这个样子！”

妻子躺在床上也没起来，看见他还站着出神，就说，“为什么不坐，难道你立刻要走吗？”她把丈夫揪近床沿坐下，眼对眼地看着。丈夫也想不出什么话来说，想分离后第一次相见的话是很难起首的。

“你是什么病？”

“前两天小产了一个男孩子！”

丈夫听这话，直像喝了麻醉药一般。

“反正是我的罪过大，不配有福分，连从你得来的孩子也不许我有了。”

“不要紧的，日后我们还可以有五六个。你要保养保养才是。”

妻子笑中带着很悲哀的神采，说：“痴男子，既休的妻还能有生子女的荣耀吗？”说时，丫头递了一盏龙眼干甜茶来。这是台湾人待生客和新年用的礼茶。

“怎么给我这茶喝，我们还讲礼吗？”

“你以后再娶，总要和我生疏的。”

"我并没休你。我们的婚书，我还留着呢。我，无论如何，总要想法子请你回去的，除了你，我还有谁？"

丫头在旁边插嘴说："等姑娘好了，立刻就请她回去吧。"

他对着丫头说："说得很快，你总不晓得姑太和你家主人都是非常固执，非常喜欢赌气，很难使人进退的。这都是你弄出来的。事已如此，夫复何言！"

小丫头原是不懂事，事后才理会她跑回来报信的关系重大。她一听"这都是你弄出来的"，不由得站在一边哭起来。妻子哭，丈夫也哭。

一个男子的心志必得听那寡后回家当姑太的姊姊使令吗？当时他若硬把妻子留住，姊姊也没奈他何，最多不过用"礼教的棒"来打他而已。但"礼教之棒"又真可以打破人的命运吗？那时候，他并不是没有反抗礼教的勇气，是他还没得着反抗礼教的启示。他心底深密处也会像吴明远那样说："该死该死！我既爱妹妹，而不知护妹妹；我既爱我自己，而不知为我自己着想。我负了妹妹，我误了自己！事原来可以如人意，而我使之不能；我之罪恶岂能磨灭于万一，然而赴汤蹈火，又何足偿过失于万一呢？你还敢说：'事已如此，夫复何言'吗？"

四弟私会出妻的事，教姊姊知道，大加申斥，说他没志气。不过这样的言语和爱情没有关系。男女相待遇本如大人和小孩一样。若是男子爱他的女人，他对于她的态度、语言、动作，都有父亲对女儿的倾向；反过来说，女人对于她所爱的男子也具足母亲对儿子的倾向。若两方都是爱者，他们同时就是被爱者，那是说他们都自视为小孩子，故彼此间能吐露出真性情来。小孩们很愿替他们的好朋友担忧、受苦、用力；有情的男女也是如此。所以姊姊的申斥不能隔断他们的私会。

妻子自回外家后，很悔她不该贪嚼一口槟榔，贪吸一管旱烟，致误了灵前的大事。此后，槟榔不再入她的口，烟也不吸了。她要为自己的罪过忏悔，就吃起长斋来。就是她亲爱的丈夫有时来到，很难得的相见时，也不使他挨近一步，恐怕玷了她的清心。她只以念经绣佛为她此生唯一的本分，夫妇的爱不由得不压在心意的崖石底下。

十几年中，他只是希望他岳丈和他姊姊的意思可以换回于万一。自己的事要仰望人家，本是很可怜的。亲家们一个是执拗，一个是赌气，因之光天化日的时候难以再得。

那晚上，他正陪姊姊在厅上坐着，王家的人来叫他。姊姊不许说："四弟，不许你去。"

"姊姊，容我去看她一下吧。听说她这两天病得很厉害，人来叫我，当然是很要紧的，我得去看看。"

"反正你一天不另娶，是一天忘不了那泼妇的。城外那门亲给你讲了好几年，你总是不介意。她比那不知礼的妇人好得多——又美、又有德"。

这一次，他觉得姊姊的命令也可以反抗了。他不听这一套，径自跑进屋里，把长褂子一披，匆匆地出门。姊姊虽然不高兴，也没法揪他回来。

到妻子家，上楼去。她躺在床上，眼睛半闭着，病状已很凶恶。他哭不出来，走近前，摇了她一下。

"我的夫婿，你来了！好容易盼得你来！我是不久的人了，你总要为你自己的事情打算，不要像这十几年，空守着我，于你也没有益处。我不孝已够了，还能使你再犯不孝之条吗？——'不孝有三，无后为大'。"

"孝不孝是我的吧，娶不娶也是我的事。除了你，我还有谁？"

这时丫头也站在床沿。她已二十多岁，长得越妩媚、越懂事了。她的反省，常使她起一种不可言喻的伤心，使她觉得她永远对不起面前这位垂死的姑娘和旁边那位姑爷。

垂死的妻子说："好吧，我们的恩义是生生世世的。你看她，"她撮嘴指着丫头，用力往下说，"她长大了。事情既是她弄出来的，她得替我偿还。”她对着丫头说，“你愿意吗？”丫头红了脸，不晓得要怎样回答。她又对丈夫说，“我死后，她就是我了。你如记念我们旧时的恩义，就请带她回去，将来好替我……”

她把丈夫的手拉去，使他抓住丫头的手，随说：“唉，子女是要紧的，她将来若能替我为你养几个子女，我就把她从前的过失都宽恕了。”

妻子死后好几个月，他总不敢向姊姊提起要那丫头回来。他实在得很懦弱的，不晓得怎样怕姊姊会怕到这地步！

离王亲家不远住着一位老妗婆。她虽没为这事担心，但她对于事情的原委是很明了的。正要出门，在路上遇见丫头，穿起一身素服，手挽着一竹篮东西，她问：“蓝，你要到哪里去？”

“我正要上我们姑娘的坟去。今天是她的百日。”

老妗婆一手扶着杖，一手捏着丫头的嘴巴，说：“你长得这么大了，还不回武馆街去吗？”丫头低下头，没回答她。她又问，“许家没意思要你回去吗？”

从前的风俗对于随嫁的丫头多是预备给姑爷收起来做二房的，所以妗婆问得很自然。丫头听见“回去”两字，本就不好意思，她双眼望着地上，摇摇头，静默地走了。

妗婆本不是要到武馆街去的，自遇见丫头以后，就想她是个长辈之一，总得赞成这事。她一直来投她的甥女，也叫四外甥来告诉他应当办的事体。姊姊被妗母一说，觉得再没有可固执的了，说：“好吧，明后天预备一顶轿子去扛她回来就是。”

四弟说：“说得那么容易？要总得照着娶继室的礼节办，她的神主还得请回来。”

姊姊说：“笑话，她已经和她的姑娘一同行过礼了，还行什么礼？神主也不能同日请回来的。”

老妗母说：“扛回来时，请请客，当做一桩正事办也是应该的。”

他们商量好了，兄弟也都赞成这样办。“这种事情，老人家最喜欢不过”，老妗母在办事的时候当然是一早就过来了。

这位再回来的丫头就是我的祖母了。所以我有两个祖母，一个是生身祖母，一个是常住在外家的“吃斋祖母”——这名字是母亲给我们讲祖母的故事时所用的题目。又“丫头”这两个字是我家的“圣讳”，平常是不许说的。

我又讲回来了。这种父母的爱的经验，是我们最能理会的。人人经验中都有多少“祖母的心”、“母亲”、“祖父”、“爱儿”等等事迹，偶一感触便如悬崖泻水，从盘古以来直说到于今。我们的头脑是历史的，所以善用这种才能来描写一切的事故。又因这爱父母的特性，故在作品中，任你说到什么程度，这一点总抹杀不掉。我爱读《芝兰与茉莉》，因为它是原原本本地说，用我们经验中极普遍的事实触动我。我想凡是有祖母的人，一读这书，至少也会起一种回想的。

书看完了，回想也写完了，上课的钟直催着。现在的事好像比往事要紧，故要用工夫来想一想祖母的经历也不能了！大概她以后的境遇也和书里的祖母有一两点相同吧。

写于哥伦比亚图书馆四一三号，检讨室，

一九二四年，二月十日。

我所景仰的蔡先生之风格

傅斯年

有几位北大同学鼓励我在日本特刊中写一篇蔡先生的小传。我以为能给蔡先生写传，无论为长久或为一时，都是我辈最荣幸的事。不过，我不知我有无此一能力。且目下毫无资料，无从着笔，而特刊又急待付印，所以我今天只能为此一短文。至于编辑传记的资料，是我的志愿，而不是今天便能贡献给读者的。

凡认识蔡先生的，总知道蔡先生宽以容众，受教久的，更知道蔡先生的脾气，不特不严责人，并且不滥奖人，不像有一种人的脾气，称扬则上天，贬责则入地。但少人知道，蔡先生有时也很严词责人。我以受师训备僚属有二十五年之长久，颇见到蔡先生生气责人的事。他人的事我不敢说，说和我有关的。

（一）蔡先生到北大的第一年中，有一个同学，长成一副小官僚的面孔，又做些不满人意的事，于是同学某某在西斋（寄宿舍之一）壁上贴了一张"讨伐"的告示；两天之内，满墙上出了无穷的匿名文件，把这个同学骂了个"不亦乐乎"。其中也有我的一件，因为我也极讨厌此人，而我的匿名揭帖之中，表面上都是替此君抱不平，深的语意，却是挖苦他。为同学们赏识，在其上浓圈密点，批评狼藉。这是一时学校中的大笑话。过了几天，蔡先生在一大会中演说，最后说到此事，大意是说：

诸位在墙壁上攻击□□君的事，是不合做人的道理的。诸君对□

君有不满，可以规劝，这是同学的友谊。若以为不可规劝，尽可对学校当局说。这才是正当的办法。至于匿名揭帖，受之者纵有过，也决不易改悔，而施之者则为丧失品性之开端。凡做此事者，以后都要痛改前非，否则这种行动，必是品性沉沦之渐。

这一篇话，在我心中生了一个大摆动。我小时，有一位先生教我“正心”、“诚意”、“不欺暗室”，虽然《大学》念得滚熟，却与和尚念经一样，毫无知觉；受了此番教训，方才大彻大悟，从此做事，决不匿名，决不推自己责任。大家听蔡先生这一段话之后印象如何我不得知，北大的匿名“壁报文学”从此减少，几至绝了迹。

（二）蔡先生第二次游德国时，大约是在民国十三年吧，那时候我也是在柏林。蔡先生到后，我们几个同学自告奋勇照料先生，凡在我的一份中，无事不办了一个稀糟。我自己自然觉得非常惭愧，但蔡先生从无一毫责备。有一次，一个同学给蔡先生一个电报，说是要从莱比锡来看蔡先生。这个同学出名的性情荒谬，一面痛骂，一面要钱，我以为他此行必是来要钱，而蔡先生正是穷得不得了，所以与三四同学主张去电谢绝他，以此意陈告先生。先生沉吟一下说：“《论语》上有几句话，‘人洁己以进，与其洁也，不保其往也。与其进也，不与其退也，唯何甚？’你说他无聊，但这样拒人于千里之外，他能改了他的无聊吗？”

于是我又知道读《论语》是要这样读的。

（三）北伐胜利之后，我们的兴致很高。有一天在先生家中吃饭，有几个同学都喝醉了酒，蔡先生喝得更多，不记得如何说起，说到后来我便肆口乱说了。我说：“我们国家整好了，不特要灭了日本小鬼，就是西洋鬼子，也要把他赶出苏黎世运河以西，自北冰洋至南冰洋，除印度、波斯、土耳其以外，都要‘郡县之’。”蔡先生听到这里，不耐烦了，说：“这除非你做大将。”蔡先生说时，声色俱厉，我的酒意也便醒了。

此外如此类者尚多，或牵连他人，或言之太长，姑不提。即此三事，已足证先生责人之态度是如何诚恳而严肃的，如何词近而旨远的。

蔡先生之接物，有人以为滥，这全不是事实，是他在一种高深的理想上，与众不同。大凡中国人以及若干人，在法律之应用上，是先假定一个人有罪，除非证明其无罪；西洋近代之法律是先假定一人无罪，除非证明其有罪。蔡先生不特在法律上如此，一切待人接物，无不如此。他先假定一个人是善人，除非事实证明其不然。凡有人以一说进，先假定其意诚，其动机善，除非事实证明其相反。如此办法，自然要上当，但这正是孟子所谓“君子可欺以其方，难罔以非其道”了。

若以为蔡先生能恕而不能严，便是大错了，蔡先生在大事上是丝毫不苟的。有人若做了他以为大不可之事，他虽不说，心中却完全当数。至于临艰危而不惧，有大难而不惑之处，只有古之大宗教家可比，虽然他是不重视宗教的。关于这一类的事，我只举一个远例。

在“五四”前若干时，北京的空气，已为北大师生的作品动荡得很了。北洋政府很觉得不安，对蔡先生大施压力与恫吓，至于侦探之跟随，是极小的事了。有一天晚上，蔡先生在他当时的一个“谋客”家中谈起此事，还有一个谋客也在。当时蔡先生有此两谋客，专商量如何对付北洋政府的，其中的那个老谋客说了无穷的话，劝蔡先生解陈独秀先生之聘，并要约制胡适之先生一下，其理由无非是要保存机关，保存北方读书人，一类似是而非之谈。蔡先生一直不说一句话。直到他们说了几个钟头以后，蔡先生站起来说：“这些事我都不怕，我忍辱至此，皆为学校，但忍辱是有止境的。北京大学一切的事，都在我蔡元培一人身上，与这些人毫不相干。”这话在现在听来或不感觉如何，但试想当年的情景，北京城中，只是此北洋军匪、安福贼徒、袁氏遗孽，具人形之识字者，寥寥可数，蔡先生一人在那里办北大，为国家种下读书、爱国、革命的种子，是何等大无畏的行事！

蔡先生实在代表两种伟大的文化，一是中国传统圣贤之修养，一是法兰西革命中标揭自由、平等、博爱之理想，此两种伟大文化，具其一已难，兼备尤不可觏。先生殁后，此两种文化在中国之气象已亡矣！至于复古之论，欧化之谈，皆皮毛渣滓，不足论也。

我所知道的康桥（节选）

徐志摩

（一）

康桥的灵性全在一条河上：康河，我敢说，是全世界最秀丽的一条水。河的名字是葛兰大（Granta），也有叫康河（River Cam）的，许有上下流的区别，我不甚清楚。河身多的是曲折，上游是有名的拜伦潭——“Byron's Pool”——当年拜伦常在那里玩的；有一个老村子叫格兰骞斯德，有一个果子园，你可以躺在累累的桃李树荫下吃茶，花果会掉入你的茶杯，小雀子会到你桌上来啄食，那真是别有一番天地。这是上游；下游是从骞斯德顿下去，河面展开，那是春夏间竞舟的场所。上下河分界处有一个坝筑，水流急得很，在星光下听水声，听近村晚钟声，听河畔倦牛刍草声，是我康桥经验中最神秘的一种：大自然的优美、宁静、调谐在这星光与波光的默契中不期然地淹入了你的性灵。

但康河的精华是在它的中权，著名的“Backs”，这两岸是几个最蜚声的学院的建筑。从上面下来是Pembroke，St. Katharine's，King's，Clare，Trinity，St. John's。最令人留连的一节是克莱亚与王家学院的毗连处，克莱亚的秀丽紧邻着王家教堂（King's Chapel）的宏伟。别的地方尽有更美更庄严的建筑，例如巴黎赛因河的罗浮宫一带，威尼斯的利阿尔多大桥的两岸，翡冷翠维基乌大桥的周遭；但康桥的“Backs”自有它的特长，这不容易用一两个状词来概括，它那脱尽尘埃气的一种清澈秀逸的意境可说是超出了画图而化生了音乐的神味。再没有比这一群建筑更调谐更匀称的了！论画，可比的许只有柯罗（Corot）的田野；论音乐，可比的许只有萧班（Chopin）的夜曲。就这也不能给你依稀的印象，它给你的美感简直是神灵性的一种。

假如你站在王家学院桥边的那棵大椈树荫下眺望，右侧面隔着一大方浅草坪，是我们的校友居（Fellows Building），那年代并不早，但它的妩媚也是不可掩的，它那苍白的石壁上春夏间满缀着艳色的蔷薇在和风中摇颤，更移左是那教堂，森林似的尖阁不可浼的永远直指着天空；更左是克莱亚。啊！那不可信的玲珑的方庭，谁说这不是圣克莱亚（St. Clare）的化身，哪一块石上不闪耀着她当年圣洁的精神？在克莱亚后背隐约可辨的是康桥最潢贵最骄纵的三清学院（Trinity），它那临河的图书楼上坐镇着拜伦神采惊人的雕像。

但这时你的注意早已叫克莱亚的三环洞桥魔术似的吸引住。你见过西湖白堤上的西泠断桥不是（可怜它们早已叫代表近代丑恶精神的汽车公司给铲平了，现在它们跟着苍凉的雷峰永远辞别了人间）？你忘不了那桥上斑驳的苍苔，木栅的古色，与那桥拱下泄露的湖光与山色不是？克莱亚并没有那样体面的衬托，它也不比庐山栖贤寺旁的观音桥，上瞰五老的奇峰，下临深潭与飞瀑；它只是怯怜怜的一座三环洞的小桥，它那桥洞间也只掩映着细纹的波鳞与婆娑的树影，它那桥上栉比的小穿阑与阑节顶上双双的白石球，也只是村姑子头上不夸张的香草与野花一类的装饰；但你凝神地看着，更凝神地看着，你再反省你的心境，看还有一丝屑的俗念沾滞不？只要你审美的本能不曾汩灭时，这是你的机会实现纯粹美感的神奇！

但你还得选你赏鉴的时辰。英国的天时与气候是走极端的。冬天是荒谬的坏，逢着连绵的雾盲天你一定不迟疑的甘愿进地狱本身去试试；春天（英国是几乎没有夏天的）是更荒谬的可爱，尤其是它那四五月间最渐暖最艳丽的黄昏，那才真是寸寸黄金。在康河边上过一个黄昏是一服灵魂的补剂。啊！我那时蜜甜的单独，那时蜜甜的闲暇。一晚又一晚的，只见我出神似的倚在桥阑上向西天凝望：——

看一回凝静的桥影，
数一数螺细的波纹；
我倚暖了石阑的青苔，
青苔凉透了我的心坎；……

还有几句更笨重的怎能仿佛那游丝似轻妙的情景：

难忘七月的黄昏，远树凝寂，
像墨泼的山形，衬出轻柔暝色：
密稠稠，七分鹅黄，三分橘绿，
那妙意只可去秋梦边缘捕捉；……

（二）

这河身的两岸都是四季常青最葱翠的草坪。从校友居的楼上望去，对岸草场上，不论早晚，永远有十数匹黄牛与白马，胫蹄没在恣蔓的草丛中，从容的在咬嚼，星星的黄花在风中动荡，应和着它们尾鬃的扫拂。桥的两端有斜倚的垂柳与榈荫护住。水是澈底的清澄，深不足四尺，匀匀的长着长条的水草。这岸边的草坪又是我的爱宠，在清朝，在傍晚，我常去这天然的织锦上坐地，有时读书，有时看水；有时仰卧着看天空的行云，有时反扑着搂抱大地的温软。

但河上的风流远不止两岸的秀丽。你得买船去玩，船不止一种：有普通的双桨划船，有轻快的薄皮舟（Canoe），有最别致的长形撑篙船（Punt）。最末的一种是别处不常有的：约莫有二丈长，三尺宽，你站直在船梢上用长竿撑着走的。这撑是一种技术。我手脚太蠢，始终不曾学会。你初起手尝试时，容易把船身横住在河中，东颠西撞的狼狈。英国人是不轻易开口笑人的，但是小心他们不出声的皱眉！也不知有多少次河中本来优闲的秩序叫我这莽撞的外行给捣乱了。我真的始终不曾学会；每回我不服输跑去租船再试的时候，有一个白胡子的船家往往带讥讽地对我说："先生，这撑船费劲，天热累人，还是拿个薄皮舟溜溜吧！"我哪里肯听话，长篙子一点就把船撑了开去，结果还是把河身一段段的腰斩了去！

站在桥上去看人家撑，那多不费劲，多美！尤其在礼拜天有几个专家的女郎，穿一身缟素衣服，裙裾在风前悠悠地飘着，戴一顶宽边的薄纱帽，帽影在水草间颤动，你看她们出桥洞时的姿态，捻起一根竟像没有分量的长竿，只轻轻的，不经心地往波心里一点，身子微微地一蹲，这船身便波地转出了桥影，翠条鱼似的向前滑了去。她们那敏捷，那闲暇，那轻盈，真是值得歌咏的。

在初夏阳光渐暖时你去买一支小船，划去桥边荫下躺着念你的书或是做你的梦，槐花香在水面上漂浮，鱼群的唼喋声在你的耳边挑逗。或是在初秋的黄昏，迎着新月的寒光，往上流僻静处远去。爱热闹的少年们携着他们的女友，在船沿上支着双双的东洋彩纸灯，带着话匣子，船心里用软垫铺着，也开向无人迹处去享他们的野福——谁不爱听那水底翻的音乐在静定的河上描写梦意与春光！

住惯城市的人不易知道季候的变迁。看见叶子掉知道是秋，看见叶子绿知道是春；天冷了装炉子，天热了拆炉子；脱下棉袍，换上夹袍，脱下夹袍，穿上单袍：不过如此罢了。天上星斗的消息，地下泥土里的消息，空中风吹的消息，都不关我们的事。忙着哪，这样那样事情多着，谁耐烦管星星的移转，花草的消长，风云的变幻？同时我们抱怨我们的生活，苦痛、烦闷、拘束、枯燥，谁肯承认做人是快乐？谁不多少间诅咒人生？

但不满意的生活大都是由于自取的。我是一个生命的信仰者，我信生活绝不是我们大多数人仅仅从自身经验推得的那样暗惨。我们的病根是在“忘本”。人是自然的产儿，就比枝头的花与鸟儿是自然的产儿；但我们不幸是文明人，入世深似一天，离自然远似一天。离开了泥土的花草，离开了水的鱼，能快活吗？能生存吗？从大自然，我们取得我们的生命；从大自然，我们应分取得我们继续的资养。哪一株婆娑的大木没有盘错的根柢深入在无尽藏的地里？我们是永远不能独立的。有幸福是永远不离母亲抚育的孩子，有健康是永远接近自然的人们。不必一定与鹿豕游，不必一定回“洞府”去；为医治我们当前生活的枯窘，只要“不完全遗忘自然”一张轻淡的药方，我们的病象就有缓和的希望。在青草里打几个滚，到海水里洗几次浴，到高处去看几次朝霞与晚照——你肩背上的负担就会轻松了去的。

这是极肤浅的道理，当然。但我要没有过过康桥的日子，我就不会有这样的自信。我这一辈子就只那一春，说也可怜，算是不曾虚度。就只那一春，我的生活是自然的，是真愉快的！（虽则碰巧那也是我最感受人生痛苦的时期。）我那时有的是闲暇。有的是自由，有的是绝对单独的机会。说也奇怪，竟像是第一次，我辨认了星月的光明，草的青，花的香，流水的殷勤。我能忘记那初春的睥睨吗？曾经有多少个清晨我独自冒着冷去薄霜铺地的林子里闲步——为听鸟语，为盼朝阳，为寻泥土里渐次苏醒的花草，为体会最微细最神妙的春信。啊，那是新来的画眉在那边凋不尽的青枝上试它的新声！啊，这是第一朵小雪球花挣出了半冻的地面！啊，这不是新来的潮润沾上了寂寞的柳条？

静极了，这朝来水溶溶的大道，只远处牛奶车的铃声，点缀这周遭的沉默。顺着这大道走去，走到尽头，再转入林子里的小径，往烟雾浓密处走去，头顶是交枝的榆荫，透露着漠楞楞的曙色；再往前走去，走尽这林子，当前是平坦的原野，望见了村舍，初青的麦田，更远三两个馒形的小山掩住了一条通道。天边是雾茫茫的，尖尖的黑影是近村的教寺。听，那晓钟和缓的清音。这一带是此邦中部的平原，地形像是海里的轻波，默沉沉的起伏；山岭是望不见的，有的是常青的草原与沃腴的田壤。登那土阜上望去，康桥只是一带茂林，拥戴着几处娉婷的尖阁，妩媚的康河也望不见踪迹。你只能循着那锦带似的林木想象那一流清浅。村舍与树林是这地盘上的棋子，有村舍处有佳荫，有佳荫处有村舍。这早起是看炊烟的时辰：朝雾渐渐地升起，揭开了这灰苍苍的天幕（最好是微霰后的光景），远近的炊烟，成丝的，成缕的，成卷的，轻快的，迟重的，浓灰的，淡青的，惨白的，在静定的朝气里渐渐地上腾，渐渐地不见，仿佛是朝来人们的祈祷，参差的翳入了天听。朝阳是难得见的，这初春的天气。但它来时是起早人莫大的愉快。顷刻间这田野添深了颜色，一层轻纱似的金粉糁上了这草，这树，这通道，这庄舍。顷刻间这周遭弥漫了清晨富丽的温柔。顷刻间你的心怀也分润了白天诞生的光荣。"春"！这胜利的晴空仿佛在你的耳边私语。"春"！你那快活的灵魂也仿佛在那里回响。

……

伺候着河上的风光，这春天一天有一天的消息。关心石上的苔痕，关心败草里的花鲜，关心这水流的缓急，关心水草的滋长，关心天上的云霞，关心新来的鸟语。怯怜怜的小雪球是探春信的小使。铃兰与香草是欢喜的初声。窈窕的莲馨，玲珑的石水仙，爱热闹的克罗克斯，耐辛苦的蒲公英与雏菊——这时候春光已是烂漫在人间，更不须殷勤问讯。

瑰丽的春放。这是你野游的时期。可爱的路政，这里不比中国，哪一处不是坦荡荡的大道？徒走是一个愉快，但骑自转车是一个更大的愉快。在康桥骑车是普遍的技术；妇人、稚子、老翁，一致享受这双轮舞的快乐（在康桥听说自转车是不怕人偷的，就为人人都自己有车，没人要偷）。任你选一个方向，任你上一条通道，顺着这带草味的和风，放轮远去，保管你这半天的逍遥是你性灵的补剂。这道上有的是清荫与美草，随地都可以供你休息。你如爱花，这里多的是锦绣似的草原。你如爱鸟，这里多的是巧啭的鸣禽。你如爱儿童，这乡间到处是可亲的稚子。你如爱人情，这里多的是不嫌远客的乡人，你到处可以“挂单”借宿，有酪浆与嫩薯供你饱餐，有夺目的果鲜恣你尝新。你如爱酒，这乡间每“望”都为你储有上好的新酿，黑啤如太浓，苹果酒、姜酒都是供你解渴润肺的。……带一卷书，走十里路，选一块清静地，看天，听鸟，读书，倦了时，和身在草绵绵处寻梦去——你能想象更适情更适性的消遣吗？

陆放翁有一联诗句：“传呼快马迎新月，却上轻舆趁晚凉”，这是做地方官的风流。我在康桥时虽没马骑，没轿子坐，却也有我的风流：我常常在夕阳西晒时骑了车迎着天边扁大的日头直追。日头是追不到的，我没有夸父的荒诞，但晚景的温存却被我这样偷尝了不少。有三两幅画图似的经验至今还是栩栩地留着。只说看夕阳，我们平常只知道登山或是临海，但实际只需辽阔的天际，平地上的晚霞有时也是一样的神奇。有一次我赶到一个地方，手把着一家村庄的篱笆，隔着一大田的麦浪，看西天的变幻。有一次是正冲着一条宽广的大道，过来一大群羊，放草归来的，偌大的太阳在它们后背放射着万缕的金辉，天上却是乌青青的，只剩这不可逼视的威光中的一条大路，一群生物！我心头顿时感着神异性的压迫，我真的跪下了，对着这冉冉渐翳的金光。再有一次是更不可忘的奇景，那是临着一大片望不到头的草原，满开着艳红的罂粟，在青草里亭亭的像是万盏的金灯，阳光从褐色云里斜着过来，幻成一种异样的紫色，透明似的不可逼视，刹那间在我迷眩了的视觉中，这草田变成了……不说也罢，说来你们也是不信的！

一别两年多了，康桥，谁知我这思乡的隐忧？也不想别的，我只要那晚钟撼动的黄昏，没遮拦的田野，独自斜倚在软草里，看第一个大星在天边出现！

泰山日出

徐志摩

振铎来信要我在《小说月报》的"泰戈尔号"上说几句话。我也曾答应了，但这一时游济南游泰山游孔陵，太乐了，一时竟拉不拢心思来做整篇的文字，一直挨到现在期限快到，只得勉强坐下来，把我想得到的话不整齐地写出。

我们在泰山顶上看出太阳。在航过海的人，看太阳从地平线下爬上来，本来不是奇事；而且我个人是曾饱饫过江海与印度洋无比的日彩的。但在高山顶上看日出，尤其在泰山顶上，我们无餍的好奇心，当然盼望一种特异的境界，与平原或海上不同的。果然，我们初起时，天还暗沉沉的，西方是一片的铁青，东方些微有些白意，宇宙只是——如用旧词形容——一体莽莽苍苍的。但这是我一面感觉劲烈的晓寒，一面睡眼不曾十分醒豁时约略的印象。等到留心回览时，我不由得大声地狂叫——因为眼前只是一个见所未见的境界。原来昨夜整夜暴风的工程，却砌成一座普遍的云海。除了日观峰与我们所在的玉皇顶以外，东西南北只是平铺着弥漫的云气，在朝旭未露前，宛似无量数厚毳长绒的绵羊，交颈接背地眠着，卷耳与弯角都依稀辨认得出。那时候在这茫茫的云海中，我独自站在雾霭溟蒙的小岛上，发生了奇异的幻想——

我躯体无限地长大，脚下的山峦比例我的身量，只是一块拳石；这巨人披着散发，长发在风里像一面墨色的大旗，飒飒地在飘荡。这巨人竖立在大地的顶尖上，仰面向着东方，平拓着一双长臂，在盼望，在迎接，在催促，在默默地叫唤；在崇拜，在祈祷，在流泪——在流久慕未见而将见悲喜交互的热泪……

这泪不是空流的，这默祷不是不生显应的。

巨人的手，指向着东方——

东方有的，在展露的，是什么？

东方有的是瑰丽荣华的色彩，东方有的是伟大普照的光明——出现了，到了，在这里了……

玫瑰汁、葡萄浆、紫荆液、玛瑙精、霜枫叶——大量的染工，在层累的云底工作；无数蜿蜒的鱼龙，爬进了苍白色的云堆。

一方的异彩，揭去了满天的睡意，唤醒了四隅的明霞——光明的神驹，在热奋地驰骋……

云海也活了；眠熟了兽形的涛澜，又回复了伟大的呼啸，昂头摇尾地向着我们朝露染青馒形的小岛冲洗，激起了四岸的水沫浪花，震荡着这生命的浮礁，似在报告光明与欢欣之临在……

再看东方——海句力士已经扫荡了他的阻碍，雀屏似的金霞，从无垠的肩上产生，展开在大地的边沿。起……起……用力，用力。纯焰的圆颅，一探再探地跃出了地平，翻登了云背，临照在天空……

歌唱呀，赞美呀，这是东方之复活，这是光明的胜利……

散发祷祝的巨人，他的身彩横亘在无边的云海上，已经渐渐地消翳在普遍的欢欣里；现在他雄浑的颂美的歌声，也已在霞彩变幻中，普彻了四方八隅……

听呀，这普彻的欢声；看呀，这普照的光明！

这是我此时回忆泰山日出时的幻想，亦是我想望泰戈尔来华的颂词。

雷峰塔下

庐　隐

涵！记得吧！我们徘徊在雷峰塔下，地上芋芋碧草，间杂着几朵黄花，我们并肩坐在那软绵的草上。那时正是四月间的天气，我穿着一件浅紫麻沙的夹衣，你采了一朵黄花插在我的衣襟上，你仿佛怕我拒绝，你羞涩而微怯地望着我。那时我真不敢对你逼视，也许我的脸色变了，我只觉心脏急速地跳动，额际仿佛有些汗湿。

黄昏的落照，正射在塔尖，红霞漾射于湖心，轻舟兰浆，又有一双双情侣，在我们面前泛过。涵！你放大胆子，悄悄地握住我的手，——这是我们头一次的接触，可是我心里仿佛被利剑所穿，不知不觉落下泪来，你也似乎有些抖颤，涵！那时节我似乎已料到我们命运的多磨多难！

山脚上忽涌起一朵黑云，远远地送过雷声，——湖上的天气，晴雨最是无凭，但我们凄恋着，忘记风雨无情的吹淋，顷刻间豆子般大的雨点，淋到我们的头上身上，我们来时原带着伞，但是后来看见天色晴朗，就放在船上了。

雨点夹着风沙，一直吹淋。我们拼命地跑到船上，彼此的衣裳都湿透了，我顿感到冷意，伏做一堆，还不禁抖颤，你将那垫的毡子，替我盖上，又紧紧地靠着我，涵！那时你还不敢对我表示什么！

晚上依然是好天气，我们在湖边的椅子上坐着，看月。你悄悄对我说："雷峰塔下，是我们生命史上一个大痕迹！"我低头不能说什么，涵！真的！我永远觉得我们没有幸福的可能！

唉！涵！就在那夜，你对我表明白你的心曲，我本是怯弱的人，我虽然恐惧着可怕的命运，但我无力拒绝你的爱意！

从雷峰塔下归来，一直四年间，我们是度着悲惨的恋念的生活。四年后，我们胜利了！一切的障碍，都在我们手里粉碎了。我们又在四月间来到这里，而且我们还是住在那所旅馆，还是在黄昏的时候，到雷峰塔下，涵！我们那时毫无所拘束了。我们任情地拥抱，任意地握手，我们多么骄傲……

但是涵！又过了一年，雷峰塔倒了，我们不是很凄然地惋惜吗？不过我绝不曾想到，就在这一年十月里你抛下一切走了，永远地走了，再不想回来了！呵！涵！我从前惋惜雷峰塔的倒塌，现在，呵！现在，我感谢雷峰塔的倒塌，因为它的倒塌，可以扑灭我们的残痕！

涵！今年十月就到了。你离开人间已经三年了！人间渐渐使你淡忘了吗？唉！父亲年纪老了！每次来信都提起你，你们到底是什么因果？而我和你确是前生的冤孽呢！

涵！去年你的二周年纪念时，我本想为你设祭，但是我住在学校里，什么都不完全，我记得我只做了一篇祭文，向空焚化了。你到底有灵感没有！我总痴望你，给我托一个清清楚楚的梦，但是哪有？！

只有一次，我是梦见你来了，但是你为甚那么冷淡？果然是缘尽了吗？涵！你抛得下走了，大约也再不恋着什么！不过你总忘不了雷峰塔下的痕迹吧！

涵！人间是更悲惨了！你走后一切都变更了。家里呢，也是树倒猢狲散，父亲的生意失败了！两个兄弟都在外洋飘荡，家里只剩母亲和小弟弟，也都搬到乡下去住。父亲忍着伤悲，仍在洋口奔忙，筹还拖欠的债。涵！这都是你临死而不放心的事情，但是现在我都告诉了你，你也有点儿眷恋吗？

我——大约你是放心的，一直挣扎着呢。涵！雷峰塔已经倒塌了，我们的离合也都应验了。——今年是你死后的三周年——我就把这断藕的残丝，敬献你在天之灵吧！

异国秋思

庐　隐

自从我们搬到郊外以来，天气渐渐清凉了。那短篱边牵延着的毛豆叶子，已露出枯黄的颜色来，白色的小野菊，一丛丛由草堆里钻出头来，还有小朵的黄花在凉劲的秋风中抖颤。这一些景象，最容易勾起人们的秋思，况且身在异国呢！低声吟着“帘卷西风，人比黄花瘦”之句，这个小小的灵宫，是弥漫了怅惘的情绪。

书房里格外显得清寂，那窗外蔚蓝如碧海似的青天，和淡金色的阳光，还有挟着桂花香的阵风，都含了极强烈的、挑拨人类心弦的力量，在这种刺激之下，我们不能继续那死板的读书工作了。在那一天午饭后，波便提议到附近吉祥寺去看秋景，三点多钟我们乘了市外电车前去，——这路程太近了，我们的身体刚刚坐稳便到了。走出长甬道的车站，绕过火车轨道，就看见一座高耸的木牌坊，在横额上有几个汉字写着“井之头恩赐公园”。我们走进牌坊，便见马路两旁树木葱茏，绿荫匝地，一种幽妙的意趣，萦绕脑际。我们怔怔地站在树影下，好像身入深山古林了。在那枝柯掩映中，一道金黄色的柔光正荡漾着，使我想象到一个披着金绿柔发的仙女，正赤着足，踏着白云，从这里经过的情景。再向西方看，一抹彩霞，正横在那叠翠的峰峦上，如黑点的飞鸦，穿林翩翩，我一缕的愁心真不知如何安派，我要吩咐征鸿把它带回故国吧！无奈它是那样不着迹地去了。

我们徘徊在这浓绿深翠的帷幔下，竟忘记前进了。一个身穿和服的中年男人，脚上穿着木屐，踢踏踢踏地来了。他向我们打量着，我们为避免他的觑视，只好加快脚步走向前去。经过这一带森林，前面有一条鹅卵石堆成的斜坡路，两旁种着整齐的冬青树，只有肩膀高，一阵阵的青草香，从微风里荡过来，我们慢步地走着，陡觉神清气爽，一尘不染。下了斜坡，面前立着一所小巧的东洋式茶馆，里面设了几张小矮几和坐褥，两旁列着柜台，红的蜜橘，青的苹果，五色的杂糖，错杂地罗列着。

“呀！好眼熟的地方！”我不禁失声地喊了出来。于是潜藏在心底的印象，陡然一幕幕地重映出来，唉！我的心有些抖颤了，我是为一种感怀已往的情绪所激动，我的双眼怔住，胸膈间充塞着悲凉，心弦凄紧地搏动着。自然是回忆到那些曾被流年蹂躏过的往事：

“唉！往事，只是不堪回首的往事呢！”我悄悄地独自叹息着。但是我目前仍然有一副逼真的图画再现出来……

一群骄傲于幸福的少女们，她们孕育着玫瑰色的希望，当她们将由学校毕业的那一年，曾随了她们德高望重的教师，带着欢乐的心情，渡过日本海来访蓬莱的名胜。在她们登岸的时候，正是暮春三月樱花乱飞的天气。那些缀锦点翠的花树，都是使她们乐游忘倦。她们从天色才黎明，便由东京的旅舍出发，先到上野公园看过樱花的残妆后，又换车到井之头公园来。这时疲倦袭击着她们，非立刻找个地点休息不可。最后她们发现了这个位置清幽的茶馆，便立刻决定进去吃些东西。大家团团围着矮凳坐下，点了两壶龙井茶和一些奇甜的东洋点心，她们吃着喝着，高声谈笑着，她们真像是才出谷的雏莺，只觉眼前的东西，件件新鲜，处处都富有生趣。当然她们是被搂在幸福之神的怀抱里了。青春的爱娇，活泼快乐的心情，这是多么可艳羡的人生呢!

但是流年把一切都毁坏了！谁能相信今天在这里低回追怀往事的我，也正是当年幸福者之一呢！哦！流年，残刻的流年呵！它带走了人间的爱娇，它蹂躏英雄的壮志，使我站在这似曾相识的树下，只有咽泪，我有什么方法，使年光倒流呢！

唉！这仅仅是七年后的今天。呀，这短短的七年中，我走的是崎岖的世路，我攀缘过陡峭的崖壁，我由死的绝谷里逃命，使我尝着忍受由心头淌血的痛苦，命运要我喝干自己的血汁，如同喝玫瑰酒一般……

唉！这一切的刺心回忆，我忍不住流下辛酸的泪滴，连忙离开这容易激动感情的地方吧！我们便向前面野草漫径的小路上走去，忽然听见一阵悲恻的唏嘘声，我仿佛看见张着灰色翅翼的秋神，正躲在那厚密枝叶背后。立时那些枝叶都窸窸窣窣地颤抖起来。草底下的秋虫，发出连续的唧唧声，我的心感到一阵阵的凄冷；不敢再向前去，找到路旁一张长木凳坐下。我用呆滞的眼光，向那一片阴森森的丛林里睁视，当微风分开枝柯时，我望见那小河里潺湲的碧水了。水上绉起一层波纹，两个少女乘着一只小划子，在波心摇着画桨，低声唱着歌儿。我看到这里，又无端伤感起来，觉得喉头哽塞，不知不觉叹道："故国不堪回首呵"，同时那北海的绿漪清波便浮现眼前，那些手携情侣的男男女女，恐怕也正摇着画桨，指点着眼前清丽的秋景，低语款款吧！况且又是菊茂蟹肥时候，料想长安市上，车水马龙，正不少欢乐的宴聚，这漂泊异国，秋思凄凉的我们当然是无人想起的。不过，我们却深深地眷怀着祖国，渴望得些国内的好消息呢！况且我们又是神经过敏的，揣想到树叶凋落的北平，凄风吹着，冷雨洒着的这些穷苦的同胞，也许正向茫茫的苍天悲诉呢！唉，破碎紊乱的祖国呵！北海的风光不能粉饰你的寒碜！今雨轩的灯红酒绿，不能安慰忧患的人生，深深眷念祖国的我们，这一颗因热望而颤抖的心，最后是被秋风吹冷了。

背 影

朱自清

我与父亲不相见已二年余了，我最不能忘记的是他的背影。那年冬天，祖母死了，父亲的差使也交卸了，正是祸不单行的日子，我从北京到徐州，打算跟着父亲奔丧回家。到徐州见着父亲，看见满院狼藉的东西，又想起祖母，不禁簌簌地流下眼泪。父亲说，“事已如此，不必难过，好在天无绝人之路！”

回家变卖典质，父亲还了亏空；又借钱办了丧事。这些日子，家中光景很是惨淡，一半为了丧事，一半为了父亲赋闲。丧事完毕，父亲要到南京谋事，我也要回北京念书，我们便同行。

到南京时，有朋友约去游逛，勾留了一日；第二日上午便须渡江到浦口，下午上车北去。父亲因为事忙，本已说定不送我，叫旅馆里一个熟识的茶房陪我同去。他再三嘱咐茶房，甚是仔细。但他终于不放心，怕茶房不妥帖；颇踌躇了一会儿。其实我那年已二十岁，北京已来往过两三次，是没有什么要紧的了。他踌躇了一会儿，终于决定还是自己送我去。我两三回劝他不必去；他只说，“不要紧，他们去不好！”

我们过了江，进了车站。我买票，他忙着照看行李。行李太多了，得向脚夫行些小费，才可过去。他便又忙着和他们讲价钱。我那时真是聪明过分，总觉他说话不大漂亮，非自己插嘴不可。但他终于讲定了价钱；就送我上车。他给我拣定了靠车门的一张椅子；我将他给我做的紫毛大衣铺好座位。他嘱我路上小心，夜里要警醒些，不要受凉。又嘱托茶房好好照应我。我心里暗笑他的迂；他们只认得钱，托他们直是白托！而且我这样大年纪的人，难道还不能料理自己吗?唉，我现在想想，那时真是太聪明了！

我说道，“爸爸，你走吧。”他往车外看了看，说，“我买几个橘子去。你就在此地，不要走动。”我看那边月台的栅栏外有几个卖东西的等着顾客。走到那边月台，须穿过铁道，须跳下去又爬上去。父亲是一个胖子，走过去自然要费事些。我本来要去的，他不肯，只好让他去。我看见他戴着黑布小帽，穿着黑布大马褂，深青布棉袍，蹒跚地走到铁道边，慢慢探身下去，尚不大难。可是他穿过铁道，要爬上那边月台，就不容易了。他用两手攀着上面，两脚再向上缩；他肥胖的身子向左微倾，显出努力的样子。这时我看见他的背影，我的泪很快地流下来了。我赶紧拭干了泪，怕他看见，也怕别人看见。我再向外看时，他已抱了朱红的橘子往回走了。过铁道时，他先将橘子散放在地上，自己慢慢爬下，再抱起橘子走。到这边时，我赶紧去搀他。他和我走到车上，将橘子一股脑儿放在我的皮大衣上。于是扑扑衣上的泥土，心里很轻松似的，过一会儿说，“我走了，到那边来信！”我望着他走出去。他走了几步，回过头看见我，说，“进去吧，里边没人。”等他的背影混入来来往往的人里，再找不着了，我便进来坐下，我的眼泪又来了。

近几年来，父亲和我都是东奔西走，家中光景是一日不如一日。他少年出外谋生，独力支持，做了许多大事。哪知老境却如此颓唐！他触目伤怀，自然情不能自已。情郁于中，自然要发之于外；家庭琐屑便往往触他之怒。他待我渐渐不同往日。但最近两年的不见，他终于忘却我的不好，只是惦记着我，惦记着我的儿子。我北来后，他写了一信给我，信中说道，“我身体平安，唯膀子疼痛厉害，举箸提笔，诸多不便，大约大去之期不远矣。”我读到此处，在晶莹的泪光中，又看见那肥胖的，青布棉袍，黑布马褂的背影。唉！我不知何时再能与他相见！

中国学术界的大损失

——悼闻一多先生

朱自清

一

闻一多先生在昆明惨遭暗杀，激起全国的悲愤。这是民主运动的大损失，又是中国学术的大损失。关于后一方面，作者知道的比较多，现在且说个大概，来追悼这一位多年敬佩的老朋友。

大家都知道闻先生是一位诗人。他的《红烛》，尤其他的《死水》，读过的人很多。这些集子的特色之一，是那些爱国诗。在抗战以前他也许是唯一的爱国新诗人。这里可以看出他对文学的态度。新文学运动以来，许多作者都认识了文学的政治性和社会性而有所表现，可是闻先生认识得特别亲切，表现得特别强调。他在过去的诗人中最敬爱杜甫，就因为杜诗政治性和社会性最浓厚。后来他更进一步，注意原始人的歌舞：这是集团的艺术，也是与生活打成一片的艺术。他要的是热情，是力量，是火一样的生命。

但是他并不忽略语言的技巧，大家都记得他是提倡诗的新格律的人，也是创造诗的新格律的人。他创造自己的诗的语言，并且创造自己的散文的语言。诗大家都知道，不必细说；散文如《唐诗杂论》，可惜只有五篇，那经济的字句，那完密而短小的篇幅，简直是诗。我听他近来的演说，有两三回也是这么精悍，字字句句好似称量而出，却又那么自然流畅。他因此也特别能够体会古代语言的曲折处。当然，以上这些都是得靠学力，但是更得靠才气，也就是想象。但就读古书而论，固然得先通文字声韵之学；可是还不够，要没有活泼的想象力，就只能做出点滴的饾饤的工作，决不能融会贯通的。这里需要细心，更需要大胆。闻先生能够体会到古代语言的表现方式，他的校勘古书，有些地方胆大得吓人，但却是细心吟味所得；平心静气读下去，不由人不信。校书本有死校活校之分；他自然是活校，而因为知识和技术的一般进步，他的成就骎骎乎驾活校的高邮王氏父子而上之。

他研究中国古代，可是他要使局部化了石的古代复活在现代人的心目中。因为这古代与现代究竟属于一个社会，一个国家，而历史是连贯的。我们要客观地认识古代；可是，是“我们”在客观地认识古代，现代的我们要能够在心目中想象古代的生活，要能够在心目中分享古代的生活，才能认识那活的古代，也许才是那真的古代——这也才是客观地认识古代。闻先生研究伏羲的故事或神话，是将这神话跟人们的生活打成一片；神话不是空想，不是娱乐，而是人民的生命欲和生活力的表现。这是死活存亡的消息，是人与自然斗争的纪录，非同小可。他研究《楚辞》的神话，也是一样的态度。他看屈原，也将他放在整个时代整个社会里看。他承认屈原是伟大的天才；但天才是活人，不是偶像，只有这么看，屈原的真面目也许才能再现在我们心中。他研究《周易》里的故事，也是先有一整个社会的影像在心里。研究《诗经》也如此，他看出那些情诗里不少歌咏性生活的句子；他常说笑话，说他研究《诗经》，越来越“行而下”了——其实这正表现着生命的力量。

他是有幽默感的人；他的认识古代，有时也靠着这种幽默感。看《匡斋尺牍》里《狼跋》一篇，便知道他能够体会到别人从不曾体会到的古人的幽默感。而所谓“匡斋”本于匡衡说诗解人颐那句话，正是幽默的意思。他的《死水》里《闻一多先生的书桌》，也是一首难得的幽默的诗。他有着强大的生命力，常跟我们说要活到八十岁，现在还不满四十八岁，竟惨死在那卑鄙恶毒的枪下！有个学生曾瞻仰他的遗体，见他“遍身血迹，双手抱头，全身痉挛”。唉！他是不甘心的，我们也是不甘心的！

二

闻先生的惨死尤其是中国文学方面一个不容易补偿的损失。

闻先生的专门研究是《周易》、《诗经》、《庄子》、《楚辞》、唐诗，许多人都知道。他的研究工作至少有了二十年，发表的文字虽然不算太多，但积存的稿子却很多。这些并非零散的稿子，大都是成篇的，而且他亲手抄写得很工整。只是他总觉得还不够完密，要再加些工夫才愿意编篇成书。这可见他对于学术忠实而谨慎的态度。

他最初在唐诗上多用力量。那时已见出他是个考据家，并已见出他的考据的本领。他注重诗人的年代和诗的年代。关于唐诗的许多错误的解释与错误的批评，都由于错误的年代。他曾将唐代一部分诗人生卒年代可考者制成一幅图表，谁看了都会一目了然。他是学过图案画的，这帮助他在考据上发现了一种新技术；这技术是值得发展的。但如一般所知，他又是个诗人，并且是个在领导地位的新诗人，他亲自经过创作的甘苦，所以更能欣赏诗人与诗。他的《唐诗杂论》虽然只有五篇，但都是精彩逼人之作。这些不但将欣赏和考据融化得恰到好处，并且创造了一种诗样精粹的风格，读起来句句耐人寻味。

后来他在《诗经》、《楚辞》上多用力量。我们知道要了解古代文学，必须从语言下手，就是从文字声韵下手。但必须能够活用文字声韵的种种条例，才能有所创获。闻先生最佩服王念孙父子，常将《读书杂志》、《经义述闻》当做消闲的书读着。他在古书通读上有许多惊人而确切的发明。对于甲骨文和金文，也往往有独到之见。他研究《诗经》，注重那时代的风俗和信仰等等；这几年更利用弗洛伊德以及人类学的理论得到一些深入的解释。他对《楚辞》的兴趣似乎更大，而尤集中于其中的神话。他的研究神话，实在给我们学术界开辟了一条新的大路。关于伏羲的故事，他曾将许多神话综合起来，头头是道，创见最多，关系极大。曾听他谈过大概，可惜写出来的还只是一小部分。他研究《周易》，是爱其中的片段的故事，注重的是社会生活经济生活的表现。近三四年他又专力研究《庄子》，探求原始道教的面目，并发现庄子一派政治上不合作的态度。以上种种都跟传统的研究不同：眼光扩大了，深入了，技术也更进步了，更周密了。所以贡献特别多，特别大。近年他又注意整个的中国文学史，打算根据经济史观去研究一番，可惜还没有动手就殉了道。

这真是我们一个不容易补偿的损失啊！

离别

郑振铎

一

别了，我爱的中国，我全心爱着的中国。当我倚在高高的船栏上，见着船渐渐地离岸了，船与岸间的水面渐渐的阔了，见着许多亲友挥着白巾，挥着帽子，挥着手，说着Adieu，Adieu！听着鞭炮噼噼啪啪地响着，水兵们高呼着向岸上的同伴告别时，我的眼眶是润湿了，我自知我的泪点已经滴在眼镜面了，镜面是模糊了，我有一种说不出的感动！

船慢慢地向前驶着，沿途见了停着的好几只灰色的白色的军舰。不，那不是悬着我们国旗的，它们的旗帜是“红日”，是“蓝白红”，是“红蓝条交叉着”的联合旗，是有“星点红条”的旗！

两岸是黄土和青草，再过去是两条的青痕，再过去是地平上的几座小岛山，海水满盈盈地照在夕阳之下，浪涛如顽皮的小童似的跳跃不定。水面上呈现出一片的金光。

别了，我爱的中国，我全心爱着的中国！

我不忍离了中国而去，更不忍在这大时代中放弃每人应做的工作而去，抛弃了许多亲爱的勇士们在后面，他们是正用他们的血建造着新的中国，正在以纯挚的热诚，争斗着，奋击着。我这样不负责任地离开了中国，我真是一个罪人！

然而我终将在这大时代中工作着的，我终将为中国而努力，而呈献了我的身，我的心，我别了中国，为的是求更好的经验，求更好的奋斗的工具。暂别了，暂别了，在各方面争斗着的勇士们，我不久即将以更勇猛的力量加入你们当中了。

当我归来时，我希望这些悬着“红日”的，“蓝白红”的，有“星点红条”的，“红蓝条交叉着”的一切旗帜的白色灰色的军舰都已不见了，代替它们的是我们的可喜爱的悬着我们的旗帜的伟大舰队。

如果它们那时还没有退出中国海，还没有为我们所消灭，那么，来，勇士们，我将加入你们的队中，以更勇猛的力量，去压迫它们，去毁灭它们!

这是我的誓言!

别了，我爱的中国，我全心爱着的中国!

二

别了，我最爱的祖母、母亲、妹妹以及一切亲友们！我没有想到我动身得那么匆促。我决定动身，是在行期前的七天；跑去告诉祖母和许多亲友们，是在行期前的五天。我想我们的别离至多不过是两年、三年，然而我心里总有一种离愁堆积着：两三年的时光，在上海住着是如燕子疾飞似的匆匆滑过去了，然而在孤身栖止于海外的游子看来，是如何漫长的一个时间呀！在倚闾而望游子归来的祖母、母亲们和数年来终日聚首的爱友们看来，又是如何漫长的一个时期呀！祖母在半年来，身体又渐渐地回复康健了，精神也很好，所以我敢于安心远游。要在半年前，我真的不忍与她相别呢！然而当她听见我要远别的消息时，她口里不说什么，还很高兴地鼓励着我，要我保重自己的身体，在外不像在家，没有人细心照应了，饮食要小心，被服要盖得好些，落在床下是不会有人来拾起了；又再三叮嘱着我，能够早回，便早些回来。她这些话是安舒地慈爱地说着的，然而在她慢缓的语声中，在她微蹙的眉尖上，我已看出她是满孕着难告的苦闷与别意。不忍与她的孩子离别，而又不忍阻挡他的前进，这其间是如何的踌躇苦恼，不安！人非铁石，谁不觉此！第二天，第三天，她的筋痛的旧病，便又微微地发作了。这是谁的罪过！行期前一天的晚上，我去向她告别；勉强装出高兴的样子，要逗引开她的忧怀别绪；她也勉强装着并不难过的样子，这还不是她也怕我伤心吗？在强装的笑容间，我看出万难遮盖的伤别的阴影。她强忍着呢！以全力忍着呢！母亲也是如此，假定她们是哭了，我一定要弃了我离国的决心！一定的！这夜临别时，我告诉她们说，第二天还要来一次。但是，不，第二天，我绝不敢再去向她们告别了。我真怕摇动了我的离国的决心！我宁愿负一次说谎的罪，我宁愿负一次不去拜别的罪！

岳父是真希望我有所成就的，他对于我的离国，用全力来赞助。他老人家仆仆地在路上跑，为了我的事，不知有几次了！托人，找人帮忙，换钱……都是他在忙着。我不知将如何说感谢的话好！然而临别时，他也不免有戚意。我看他扶着箴，在太阳光中，忙乱的码头上站着，挥着手，我真的感动得说不出话来。

许多朋友，亲戚……他们都给我以在我预想以上之帮忙与亲切的感觉，这使我更不忍于离别了！

果然如此的轻于言离别，而又在外游荡着，一无成就，将如何的伤了祖母、母亲、岳父以及一切亲友的心呢！

别了，我最爱的祖母以及一切亲友们！

三

当我与岳父同车到商务去时，我首先告诉他我将于二十一日动身了。归家时，我将这话第二次告诉给箴，她还以为我是与她开开玩笑的。

“哪里的话！真的要这么快就动身吗？”

“哪一个骗你，自然是真的，因为有同伴。”

她还不信，摇摇头道：“等爸爸回来问他看。你的话不能信。”

岳父回家，她真的去问了。

“哪里会假的，振铎一定要动身了，只有六七天工夫。快去预备行装！”他微笑地说着。

箴有些愕然了：“爸爸也骗我！”

“并没有骗你，是一点儿不假的事。”他正经地说道。

她不响了，显然的心上罩了一层殷浓的苦闷。

“铎，你为什么这样快动身？再等几时，八月间再走不好吗？”箴的话有些生涩，不如刚才的轻快了。

一天天的过去，我们俩除同出去置办行装外，相聚的时候很少。我每天还去办公，因为有许多事要结束。

每个黄昏，每个清晨，她都以同一的凄声向我说道：“铎，不要走了吧！”

“等到八月间再走不好吗？”

我踌躇着，我不能下一个决心，我真的时时刻刻想不走。去年我们俩一天的相离，已经不可忍受了，何况如今是两三年的相别呢？

我真的不想走！

“泪眼相见，觉无语幽咽。”在别前的三四天已经是如此了。每天的早餐，我都咽不下去，心上似有千百重的铅块压着，说不出的难过。当护照没有签好字时，箴暗暗地希望着英法领事拒绝签字，于是我可以不走了。我也竟是如此的暗暗地希望着。

当许多朋友请我们饯别宴上，我曾笑对他们说道：“假定我不走呢，吃了这一顿饭要不要奉还？”这不是一句笑话，我是真的这样想呢。即在整理行装时，我还时时的这样暗念着：“姑且整理整理，也许去不成。”

然而护照终于签了字，终于要于第二天动身了。

只有动身的那一天早晨，我们俩是始终地聚首着。我们同倚在沙发上。有千万语要说，却一句也都说不出，只是默默地相对。

箴呜咽地哭了，我眼眶中也装满了热泪。谁还吃得下午饭呢！

码头上，握了手后，我便上船了，船上催送客者回去的铃声已经丁丁地摇着了。我倚在船栏上，她站在岳父身边，暗暗地在拭泪。中间隔的是几丈的空间，竟不能再一握手，再一谈话。此情此景，将何以堪！最后，岳父怕她太伤心了，便领了她先去。那临别的一瞬，她已经不能再有所表示了，连手也不能挥送，只慢慢地走出码头，她的手握着白巾，在眼眶边不停地拭着。我看着她的黄色衣服，她的背影，渐渐的远了，消失在过道中了！

“黯然魂销者唯别而已矣！”

Adieu！Adieu！

希望几个月之后——不敢望几天或几十天，在国外再有一次“不速之客”的经历。

“别离”那真不是容易说的！

真实的高贵

[美] 海明威

风平浪静的大海上，每个人都是领航员。

但是，只有阳光而无阴影，只有欢乐而无痛苦，那就不是人生。以最幸福的人的人生为例——它是一团纠缠在一起的麻线。丧亲之痛和幸福祝愿彼此相接，使我们一会儿伤心，一会儿高兴，甚至死亡本身也会使生命更加可亲。在人生的清醒时刻，在哀痛和伤心的阴影之下，人们与真实的自我最接近。

在人生或者职业的各种事务中，性格的作用比智力大得多，头脑的作用不如心情，天资不如由判断力所节制着的自制、耐心和规律。

我始终相信，开始在内心生活得更严肃的人，也会在外表上开始生活得更朴素。在一个奢华浪费的年代，我希望能向世界表明，人类真正需要的东西是非常之微少的。

悔恨自己的错误，而且力求不再重蹈覆辙，这才是真正的悔悟。优于别人，并不高贵，真正的高贵应该是优于过去的自己。

在沙漠中心

[法] 圣埃克絮佩里

在这种没有水汽的地方，地上的热量很快就辐射完了。天气已经很冷了。我站起来走路，但很快我就哆嗦得受不了了。我的血液因缺水而循环不畅，寒气逼人，但这不只是夜晚的寒冷。我的牙床冻得格格作响，身子也抖得跟筛糠似的。我颤抖的手几乎抓不住电灯。我从前从不怕冷，而现在我却感到自己要冻死了，干渴产生的反应多奇怪啊！

因为懒得在大热天带着我的橡胶雨衣，我把它扔在路上了。可如今风越刮越猛。我发现在沙漠里根本没有藏身之所。沙漠就像大理石那么光滑。在白天它不会为你提供一点儿阴凉，晚上只会让你在寒风中没有一点儿遮蔽。没有一棵树、一道篱笆、一块石头可以容我藏身。寒风就像平原上的骑兵向我直冲过来，我只好团团转以躲避它的来犯。我躺下，又站起来。不管是躺着还是站着，我都得挨寒风的鞭打。我跑不动了，我再也没有力气了，我逃不出凶手的魔爪，我跪倒在地，脸埋在手心里，屠刀就在我头上！

过了一会儿，我才清醒过来。我站起身，笔直朝前走去，身子一直颤抖着！我在哪儿？啊！我刚离开，我听见普雷沃的声音！是他的呼叫唤醒了我……

我朝他走回来，一直哆嗦着，好像全身都在打嗝。我对自己说：“这不是寒冷，是别的原因。是我的大限到了。”我已经缺水缺得太厉害了。前天，还有昨天，我独自出去走了那么多路！

冻死的想法让我难受，我宁可死在内心的幻影里。那个十字架，那些阿拉伯人，那些灯。不管怎么说，它们开始引起我的注意。我不喜欢像奴隶那样忍受鞭打……

我仍然跪在地上。

我们随身还带了一点儿药品。一百克纯乙醚，一百克九十度的酒精和一瓶碘酒。我试着喝了两三口纯乙醚，那就好像我吞了刀子下去。之后我又喝了一点九十度的酒精，这下总算是把我的喉咙封住了。

我在沙地上挖了一个坑，我躺在里面，然后再用沙子盖住身体。只有我的脸露在外面。普雷沃找到了几根枯枝，生了一堆很快就会燃尽的火。普雷沃不愿意把自己埋在沙子里，他宁可跺脚取暖。他错了。

我的喉咙发紧，这不是个好兆头，但我自我感觉好过一点儿了。我感觉平静，一种超越了任何希望的平静。我身不由已地踏上旅程，面对星空被绑在贩奴船的甲板上。但我或许还不是很不幸……

我不再感到寒冷，只要不动任何肌肉。于是，我忘了埋在沙子里的躯体。我不再动弹，永远都不会再感到痛苦。何况，说实在的，人受的苦还真不算多……在所有这些苦痛过后，剩下的就是疲倦和错乱的协奏了。一切都变成画册，变成有点儿残忍的童话故事……刚才，风驱赶着我四下乱窜，为了躲避它，我像困兽一样团团转。之后我感到呼吸困难，好像是膝盖硌着我的胸膛。我在天使的重负下挣扎。在沙漠里我从来都不是孤身一人。既然我现在不相信周围的一切，我不如缩在自己的躯壳里，闭上眼睛，不再动一根睫毛。我感到，有一股图像的激流把我带到一个宁静的梦里：在大海深处，江河就平静了。

永别了，你们这些我曾经爱过的人。如果人体不能忍受三天不喝水，那可绝不是我的错。我过去没想到自己对水源竟是那么依赖，我没料到人的忍耐力竟是如此短促。我们以为自己可以笔直朝前方走去，以为人是自由的……我们没看见把我们拴在井上的绳索，它像脐带一样，把我们和大地肚子连在一起。谁多走了一步，谁就得死。

除了你们的痛苦，什么我都不在乎了。不管怎么说，上天待我不薄。如果我能回去，我还会卷土重来。我需要生活。在城市里，已经没有人的生活了。

我这里说的根本就不是飞行。飞机，它不是一个目的，而是一个工具。人们并不是为了飞机而去冒生命的危险，同样农人也不是为了犁铧才去耕种。通过飞机，人们可以离开城市和他们的会计师，可以重新找到农人的真谛。

我们干的是人的工作，我们遇到的也是人的烦恼。我们接触的是风、星星、黑夜、沙漠和海洋。我们和大自然的力量斗智斗勇。我们期待黎明就像农人期待春天，我们期待中途站就像期待一片福地，我们在群星中寻找自己的真理。

我不抱怨。三天来，我走了很多路，口干舌燥，在沙漠里寻找行踪，把露水当做希望。我力图找到我的同类，我忘了他们住在地球上的什么地方，这才是活着的人的忧虑。我不能不认为它比在晚上找一家音乐厅要重要得多。

我再也不能理解那些乘坐郊区火车的芸芸众生，他们自以为是人，然而却因承受着某种他们感觉不到的压力而沦为像蚂蚁一样的虫豸。当他们空闲的时候，他们用什么来填满他们那些荒唐而短促的礼拜日呢？

我在工作中是幸福的。我觉得自己是中途站的农人。在郊区火车上，我感到的垂死的感受和在此地的感受大不相同！在这里，不管怎么说，我都是死得其所！……

我没有一点儿遗憾。我奋斗过，但我失败了。这对从事我们这个行业的人来说也很平常。不过，我总算是呼吸过海风了。

领略过一次海风滋味的人，永远都忘不了这种滋养。不是吗？我的同志们？这并不意味着要过冒险的生活。这种说法有点儿夸张。我一点儿也不喜欢斗牛士，我喜欢的不是危险。我知道自己喜欢什么，那就是生命。

我觉得天就要亮了。我从沙子里伸出一只胳膊。我手边有一块布片，我摸了摸，它是干的。再等一等，露水要到清晨才有。当天大亮了，而我们的衣服却一点儿也没有潮湿。于是我的思绪有点儿乱，我听见自己说：“这里有一颗干枯的心……一颗干枯的心……一颗干枯得挤不出一滴眼泪的心……”

“上路吧，普雷沃！我们的喉咙还没有噎住：我们应该继续走下去。”

（黄荭　译）

荷叶母亲

冰　心

父亲的朋友送给我们两缸莲花，一缸是红的，一缸是白的，都摆在院子里。

八年之久，我没有在院子里看莲花了——但故乡的园院里，却有许多；不但有并蒂的，还有三蒂的，四蒂的，都是红莲。

九年前的一个月夜，祖父和我在院里乘凉。祖父笑着和我说："我们园里最初开三蒂莲的时候，正好我们大家庭里添了你们三个姊妹。大家都欢喜，说是应了花瑞。"

半夜里听见繁杂的雨声，早起是浓阴的天，我觉得有些烦闷。从窗内往外看时，那一朵白莲已经谢了，白瓣小船般散漂在水里。梗上只留个小小的莲蓬，和几根淡黄色的花须。那一朵红莲，昨天还是菡萏的，今晨却开满了，亭亭地在绿叶中间立着。

仍是不适意！——徘徊了一阵子，窗外雷声作了，大雨接着就来，愈下愈大。那朵红莲，被那繁密的雨点，打得左右歪斜。在无遮蔽的天空之下，我不敢下阶去，也无法可想。

对屋里母亲唤着，我连忙走过去，坐在母亲旁边——一回头忽然看见红莲旁边的一个大荷叶，慢慢地倾侧了来，正覆盖在红莲上面……我不宁的心绪散尽了！

雨势并不减退，红莲却不摇动了。雨点不住地打着，只能在那勇敢慈怜的荷叶上面，聚了些流转无力的水珠。

我心中深深地受了感动——

母亲啊！你是荷叶，我是红莲，心中的雨点来了，除了你，谁是我在无遮拦天空下的荫蔽？

母亲的时钟

鲁　彦

二十几年前，父亲从外面带了一架时钟给母亲；一尺多高，上圆下方，黑紫色的木框，厚玻璃面，白底黑字的计时盘，盘的中央和边缘镶着金漆的圆圈，底下垂着金漆的钟摆，钉着金漆的铃子，铃子后面的木框上贴着彩色的图画——是一架堂皇而且美丽的时钟。那时这样的时钟在乡里很不容易见到；不但我和姊姊觉得非常稀奇，就连母亲也特别喜欢它。

她最先把那时钟摆在床头的小橱上，只允许我们远望，不许我们走近去玩弄。我们爱看那钟摆的晃摇和长针的移动，常常望着望着忘记了读书和绣花。于是母亲搬了一个座位，用她的身子挡住了我们的视线，说：

"这是听的，不是看的呀！等一会儿又要敲了，你们知道呆看了多少时候吗？"

我们喜欢听时钟的敲声，常常问母亲：

"还不敲吗，妈？你叫它早点儿敲吧！"

但是母亲望了一望我们的书本和花绷，冷淡地回答说：

"到了时候，它自己会敲的。"

钟摆不但自己会动，还会得得地响下去，我们常常低低地念着它的次数；但母亲一看见我们嘴唇的嗡动，就生起气来。

"你们发疯了！它一天到晚响着，你们一天到晚不做事情吗？我把它停了，或是把它送给人家去，免得害你们吧！……”

但她虽然这样说，却并没把它停下，也没把它送给人家。她自己也常常去看那钟点，天天把它揩得干干净净。

“走路轻一点儿！不准跳！”她几次对我们说，“震动得厉害，它会停止的。”

真的，母亲自从有了这架时钟以后，她自己的举动更加轻声了。她到小橱上去拿别的东西的时候，几乎忍住了呼吸。

这架时钟开足后可以走上一个星期。不知母亲是怎样记得的。每次总在第七天的早晨不待它停止，就去开足了发条。和时钟一道，父亲带回家来的，还有一个小小的日晷。一遇到天气好太阳大，母亲就在将到正午的时候，把它放在后院子的水缸盖上。她不会看别的时候，只知道等待那红线的影子直了，就把时钟纠正为十二点。随后她收了那日晷，把它放在时钟的玻璃门内。我们也喜欢那日晷，因为它里面有一颗指南针，跳动得怪好看。但母亲连这个也不许我们玩弄。

“不是玩的！”她说，“太阳立刻就下山了，还不赶快做你们的事吗？……”

这在我们简直是件苦恼的事情。自从有了时钟以后，母亲对我们的监督愈加严了。她什么事情都要按着时候，甚至是早起，晚睡和三餐的时间。

冬天的日子特别短，天亮得迟黑得早。母亲虽然把我们睡眠的时间略略改动了些，但她自己总是照着平时的时间。大冷天，天还未亮，她就起来了。她把早饭煮好，房子收拾干净，拿着火炉来给我们烘衣服，催我们起床的时候，天才发亮，而我们也正睡得舒服，怕从被窝里钻出来。

“立刻要开饭了，不起来没有饭吃！”

她说完话就去预备碗筷。等我们穿好衣服，脸未洗完，她已经把饭菜摆在桌上。倘若我们不起来，她是决不等待我们的，从此要一直饿到中午，而且她半天也不理睬我们。

每次每次当她对我们说几点钟的时候，我们几乎都起了恐惧，因为她把我们的一切都用时间来限制，不准我们拖延。我们本来喜欢那架时钟的，以后却渐渐对它憎恶起来了。

“停了也好，坏了也好！”我们常常私自说。

但是它从来不停，也从来不坏。而且过了两三年，我们家里又加了一架时钟了。

那是我们阴配的嫂嫂的嫁妆。它比母亲的一架更时新，更美观，声音也更好听。它不用铃子，用的钢条圈，敲起来声音洪亮而且余音不绝。

我们喜欢这一架，因为它还有两个特点：比母亲的一架走得慢，常常走不到一星期就停了下来。

但母亲却喜欢旧的一架。她把新的放在门边的琴桌上，把揩抹和开发条的事情派给了姊姊。她屡次看时刻都走到自己的床边望那架旧的。

“你喜欢这一架，”母亲对姊姊说，“将来就给你做嫁妆吧。当然，这一架样子新，也值钱些。”

我想姊姊当时听了这话应该是高兴的。但我心里却很不快活。我不希望母亲永久有一架那样准确而耐用的时钟。

那时钟，到得后来几乎代替了母亲的命令了。母亲不说话，它也就下起命令来。我们正睡得熟，它叮叮地叫着逼迫我们起床了；我们正玩得高兴，它叮叮地叫着，逼迫我们睡觉了；我们肚子不饿，它却叫我们吃饭；肚子饿了，它又不叫我们吃饭……

我们喜欢的是要快就快，要慢就慢，要走就走，要停就停的时钟。

姊姊虽然有幸，将得到一架那样的时钟，但在出嫁前两三个月，母亲忽然要把它修理了。

“好看只管好看，乱时辰是不行的，”她对姊姊说，“你去做媳妇，比不得在家里做女儿，可以糊里糊涂，自由自在呀。”

不知怎样，她竟打听出来了一个会修时钟的人，把他从远处请到家里，将那架新的拆开来，加了油，旋紧了某一个螺丝钉，弄了大半天。母亲请他吃了一顿饭，还用船送他回去。

于是姊姊的那架时钟果然非常准确了，几乎和母亲的一模一样。这在她是祸是福，我不知道。只记得她以后不再埋怨时钟，而且每次回到家里来，常常替代母亲把那架旧的用日晷来对准；同时她也已变得和母亲一样，一切都按照着一定的时间了。

我呢，自从第一次离开故乡后，也就认识了时钟的价值，知道了它对于人生的重大的意义，早已把憎恶它的心思一变而为喜爱的了。因为大的时钟不合用，我曾经买过许多挂表，既便于携带，式样又美观，价钱又便宜。

我记得第一次回家随身带着的是一只新出的夜明表，喜欢得连半夜醒来也要把它从枕头下拿来观看一番的。

“你看吧，妈，我这只表比你那架旧钟有用得多了，”我说着把它放在母亲的衣下。“黑角里也看得见，半夜里也看得见呢！”

但是母亲却并不喜欢。她冷淡地回答说：

“好玩罢了，并且是哑的。要看谁走得准、走得久呀。”

我本来是不喜欢那架旧钟的，现在给她这么一说，我愈加发现它的缺点了：式样既古旧、携带又不便利，而且摆置得不平稳或者稍受震动就会停止；到了夜里，睡得正甜蜜的时候，有时它叮叮敲着把人惊醒了过来，反之，醒着想知道是什么时候，却须静候到一个钟头才能听到它的报告。然而母亲却看不起我的新置的完美的挂表，重视着那架不合用的旧钟。这真使我对它发生更不快的感觉。

幸而母亲对我的态度却改变了。她现在像把我当做了客人似的，每天早晨并不催我起床，也并不自己先吃饭，总是等待着我，一直到饭菜冷了再热过一遍。她自己是仍按着时间早起，按着时间煮饭的，但她不再命令我依从她了。

“总要早起早睡，”她偶然也在无意中提醒我，而态度却是和婉的。

然而我始终不能依从她的愿望。我的习惯一年比一年坏了：起来得愈迟，睡得也愈迟，一切事情都漫无定时。我先后买过许多表，的确都是不准确的，也不耐久的；到得后来，索性连这一类表也没用处了。

但母亲却依然保留着她那架旧钟：屋子被火烧掉了，她抢出了那架旧钟，几次移居到上海，她都带着那架旧钟。

“给你买一架新的吧，不必带到上海去。”我说。母亲摇一摇头：

“你们用新的吧：我还是要这架用惯了的。”

到了上海，她首先拿出那架旧钟来，摆在自己的房里，仍是自己管理它。

它和海关的钟差不多准确，也不需要修理添油。只是外面的样子渐渐老了：白底黑字的计时盘这里那里起了斑疤，金漆也一块块地剥落了。

至于母亲，自从父亲去世后也就得了病，愈加老得快，消瘦下来，没有精力做事情。

“吃现成饭了，”她说，“一切由你们吧。”

她把家里的事情全交给了我和妻，常常躺在床上睡觉。

但是她早起的习惯没有改。天才一亮，她就起床了。她很容易饿，我们吃饭的时间就不得不和她分了开来。常常我们才吃过早饭，她就要吃中饭。她起初也等待我们，劝我们，日子久了，她知道没办法，便径自先吃了。

“一天到晚，只看见开饭，”她不高兴的时候，说，“我还是住在乡下好，这里看不惯！”

真的，她现在不常埋怨我们，可是一切都使她看不惯，她说要住到乡下去，立刻就要走的，怎样也留她不住。

“乡下冷清清的没有亲人。”我说。

“住惯了的。”

“把你顶喜欢的子孙带去吧。”

但是她不要。她只带着她那架旧钟回去。第二次再来上海时，仍带着那架旧钟。第三次，第四次……都是一样。

去年秋季，母亲最后一次离开了她所深爱的故乡。她自知身体衰弱到了极度，临行前对人家说：

“我怕不能再回来了。上海过老，也好的，全家在眼前……”

这一次她的行李很简单：一箱子的寿衣、一架时钟。到得上海，她又把那时钟放在她自己的房里。

果然从那时起，她起床的时候愈加少了，几乎一天到晚都躺在床上，而且不常醒来。只有天亮和三餐的时间，她还是按时地醒了过来。天气渐渐冷下来，母亲的病也渐渐沉重起来，不能再按时去开那架时钟，于是管理它的责任便到了我们的手里。但我们没有这习惯，常常忘记去开它，等到母亲说了几次钟停了，我们才去开足它的发条，而又因为没有别的时钟，常常无法纠正它，使它准确。

“要在一定时候开它，”母亲告诉我们说，“停久了，就会坏的，你们且搬它到自己的房里去吧，时时看见它就不会忘记了。”

我们依从母亲的话，便把她的时钟搬到了楼上房间里。几个月来，它也很少停止，因为一听到它的敲声的缓慢无力，我们便预先去开足了发条。

但是在母亲去世前的一个月里，我们忽然发现母亲的时钟异样了：明明是才开足两三天，敲声也急促有力，却在我们不注意中停止了。我们起初怀疑没放得平稳，随后以为是孩子们奔跳所震动，可是都不能证实。

不久，姊姊从故乡来了。她听到时钟的变化，便失了色，绝望地摇一摇头，说：

“妈的病不会好了，这是个不吉利的预兆……”

“迷信！”我立刻截断了她的话。

过了几天，我忽然发现时钟又停止了。是在夜里三点钟。早晨我到楼下去看母亲，听见她说话的声音特别低了，问她话老是无力回答。到了下半天，我们都在她床边侍候着，她昏昏沉沉地睡着，很少醒来。我们喊了许久，问她要不要喝水，她微微摇一摇头，非常低声地说：

“不要喊我……”

我们知道她醒来后是感到身体的痛苦的，也就依从着她的话，让她安睡着。这样一直到深夜，我们看见她低声哼着，想转身却转不过来，便喂了她一点点汤水，问她怎样。

“比上半夜难过……”她低声回答我们。

我觉得奇怪，怀疑她昏迷了。我想，现在不就是上半夜吗，她怎么当做了下半夜呢？我连忙走到楼上，却又不禁惊讶起来：

原来母亲的时钟已经过了一点钟了。

我不明白，母亲是怎样听见楼上的钟声的。楼下的房子既高，楼板又有二层。自从她的时钟搬到楼上后，她曾好几次问过我们钟点。前后左右的房子空的很多，贴邻的一家，平常又没听见有钟声。附近又没有报时的鸡啼。这一夜母亲的房子里又相当不静寂，姊姊在念经、女工在吹折锡箔，间而夹杂着我们的低语声、走动声。母亲怎样知道现在到了下半夜呢？

是母亲没有忘记时钟吗？是时钟永久跟随着母亲呢？我想问母亲，但是母亲不再说话了。一点多钟以后她闭上了眼睛，正是头一天时钟自动地静默下来的那个时候。

失却了一位这样的主人，那架古旧的时钟怕是早已感觉到存在的悲苦了吧？唉……

旅人的心

鲁　彦

或是因为年幼善忘，或是因为不常见面，我最初几年中对父亲的感情怎样，一点儿也记不起来了。至于父亲那时对我的爱，却从母亲的话里就可知道。母亲近来显然正深深地纪念父亲，又加上年纪老了，所以一见到她的小孙儿吃牛奶，就对我说了又说：

“正是这牌子，有一只老鹰！……你从前奶子不够吃，也吃的这牛奶。你父亲真舍得，不晓得给你吃了多少，有一次竟带了一打来，用木箱子装着。那时比现在贵得多了。他的收入又比你现在的少……”

不用说，父亲是从我出世后就深爱着我的。

但是我自己所能记忆的我对于父亲的感情，却是从六七岁起。

父亲向来是出远门的。他每年只回家一次，每次约在家里住一个月，时期多在年底年初。每次回来总带了许多东西：肥皂、蜡烛、洋火、布匹、花生、豆油、粉干……都够一年的吃用。此外还有专门给我的帽子、衣料、玩具、纸笔、书籍……

我平日最欢喜和姊姊吵架，什么事情都不能安静，常常挨了母亲的打，也还不肯屈服。但是父亲一进门，我就完全改变了，安静得仿佛天上的神到了我们家里，我的心里充满了畏惧，但又不像对神似的慑于他的权威，却是在畏惧中间藏着无限的喜悦，而这喜悦中间却又藏着说不出的亲切。我现在不再叫喊，甚至不大说话了；我不再跳跑，甚至连走路的脚步也十分轻了；什么事情我该做的，用不着母亲说，就自己去做好；什么事情我该对姊姊退让的，也全退让了。我简直换了一个人，连自己也觉得：聪明，诚实，和气，勤力。

父亲从来不对我说半句埋怨话，他有着洪亮而温和的音调。他的态度是庄重的。但脸上没有威严却是和气。他每餐都喝一定分量的酒，他的皮肤的血色本来很好，喝了一点酒，脸上就显出一种可亲的红光。他爱讲故事给我听，尤其是喝酒的时候，常常因此把一顿饭延长了一两个钟头。他所讲的多是他亲身的阅历，没有一个故事里不含着诚实、忠厚、勇敢、耐劳。他学过拳术，偶然也打拳给我看，但他接着就讲打拳的故事给我听：学会了这一套不可露锋芒，只能在万不得已时用来保护自己。父亲虽然不是医生，但因为祖父是业医的，遗有许多医书，他一生就专门研究医学。他抄写了许多方子，配了许多药，赠送人家，常常叫我帮他的忙。因此我们的墙上贴满了方子，衣柜里和抽屉里满是大大小小的药瓶。

一年一度，父亲一回来，我仿佛新生了一样，得到了学好的机会：有事可做，也有学问可求。

然而这时间是短促的。将近一个月，他慢慢开始整理他的行装，一样一样地和母亲商议着别后一年内的计划了。

到了远行的那夜一时前，他先起了床，一面打扎着被包箱夹，一面要母亲去预备早饭。二时后，吃过早饭，就有划船老大在墙外叫喊起来，是父亲离家的时候了。

父亲和平日一样，满脸笑容。他确信他这一年的事业将比往年更好。母亲和姊姊虽然眼眶里贮着惜别的眼泪，但为了这是一个吉日，终于勉强地把眼泪忍住了。只有我大声啼哭着，牵着父亲的衣襟，跟到了大门外的埠头上。

父亲把我交给母亲，在灯笼的光中仔细地走下石级，上了船，船就静静地离开了岸。

“进去吧，很快就回来的，好孩子。”父亲从船里伸出头来，说。

船上的灯笼熄了，白茫茫的水面上只显出一个移动着的黑影。几分钟后，它迅速地消失在几步外的桥的后面。一阵关闭船篷声，接着便是渐远渐低的咕呀咕呀的桨声。

“进去吧，还在夜里呀。”过了一会儿，母亲说着，带了我和姊姊转了身，“很快就回来了，不听见吗？留在家里，谁去赚钱呢？”

其实我并没想到把父亲留在家里，我每次是只想跟父亲一道出门的。

父亲离家老是在夜里，又冷又黑。想起来这旅途很觉可怕。那样的夜里，岸上是没有行人也没有声音的，倘使有什么发现，那就十分之九是可怕的鬼怪或恶兽。尤其是在河里，常常起着风，到处都潜着吃人的水鬼。一路所经过的两岸大部分极其荒凉，这里一个坟墓，那里一个棺材，连白天也少有行人。

但父亲却平静地走了，露着微笑。他不畏惧，也不感伤，他常说男子汉要胆大量宽，而男子汉的眼泪和珍珠一样宝贵。

一年一年过去着，我渐渐大了，想和父亲一道出门的念头也跟着深起来，甚至对于夜间的旅行起了好奇和羡慕。到了十四五岁，乡间的生活完全过厌了，倘不是父亲时常寄小说书给我，我说不定会背着母亲私自出门远行的。

十七岁那年的春天，我终于达到了我的志愿。父亲是往江北去，他送我到上海。那时姊姊已出了嫁生了孩子，母亲身边只留着一个五岁的妹妹。她这次终于遏抑不住情感，离别前几天就不时滴下眼泪来，到得那天夜里她伤心地哭了。

但我没有为她的眼泪所感动。我很久以前听到我可以出远门，就在焦急地等待着那日子。那一夜我几乎没有合眼，心里充满了说不出的快乐。我满脸笑容，跟着父亲在暗淡的灯笼光中走出了大门。我没注意母亲站在岸上对我的叮嘱，一进船舱，就像脱离了火坑一样。

“竟有这样硬心肠，我哭着，他笑着！”

这是母亲后来常提起的话。我当时欢喜什么，我不知道。我只觉得心里十分的轻松，对着未来有着模糊的憧憬，仿佛一切都将是快乐的，光明的。

“牛上轭了！”

别人常在我出门前就这样地说，像是讥笑我，像是怜悯我，但我不以为意。我觉得那所谓轭是人所应该负担的。我勇敢地挺了一挺胸部，仿佛乐意地用两肩承受了那负担，而且觉得从此才成为一个“人”了。

夜是美的，黑暗与沉寂的美。从篷隙里望出去，看见一幅黑布蒙在天空上，这里那里镶着亮晶晶的珍珠。两岸上缓慢地往后移动的高大的坟墓仿佛是保护我们的堡垒，平躺着的草扎的和砖盖的棺木就成了我们的埋伏的卫兵。树枝上的鸟巢里不时发出嘁嘁的拍翅声和细碎的鸟语，像在庆祝着我们的远行。河面一片白茫茫的光微微波动着，船像在柔软轻漾的绸子上滑了过去。船头下低低地响着淙淙的波声，接着是咕呀咕呀的前桨声和有节奏的嘁咄嘁咄的后桨拨水声。清冽的水的气息，重浊的泥土的气息和复杂的草木的气息在河面上混合成了一种特殊的亲切的香气。

我们的船弯弯曲曲地前进着，过了一桥又一桥。父亲不时告诉着我，这是什么桥，现在到了什么地方。我静默地坐着，听见前桨暂时停下来，一股寒气和黑影袭进舱里，知道又过了一个桥。

一小时以后，天色渐渐转白了，岸上的景物开始露出明显的轮廓来，船舱里映进了一点儿亮光，稍稍推开篷，可以望见天边的黑云慢慢地变成了灰白色，浮在薄亮的空中。前面的山峰隐约地走了出来，然后像一层一层地脱下衣衫似的，按次地露出了山腰和山麓。

“东方发白了。”父亲喃喃地念着。

白光像凝定了一会儿，接着就迅速地揭开了夜幕，到处都明亮起来。现在连岸上的细小的枝叶也清晰了。星光暗淡着，稀疏着，消失着。白云增多了，东边天上的渐渐变成了紫色，红色。天空变成了蓝色。山是青的，这里那里迷漫着乳白色的烟云。

我们的船驶进了山峡里，两边全是繁密的松柏、竹林和一些不知名的常青树。河水渐渐清浅，两边露出石子滩来。前后左右都驶着从各处来的船只。不久船靠了岸，我们完成了第一段的旅程。

当我踏上埠头的时候，我发现太阳已在我的背后。这约莫两小时的行进，仿佛我已经赶过了太阳，心里暗暗地充满了快乐。

完全是个美丽的早晨。东边山头上的天空全红了。紫红的云像是被小孩用毛笔乱涂出的一样，无意地成了巨大的天使的翅膀。山顶上一团浓云的中间露出了一个血红的可爱的紧合着的嘴唇，像在等待着谁去接吻。西边的最高峰上已经涂上了明耀的光辉。平原上这里那里升腾着白色的炊烟，像雾一样。埠头上忙碌着男女旅客，成群地往山坡上走了去。挑夫，轿夫，喊着，追赶着，跟随着，显得格外的紧张。

就在这热闹中，我跟在父亲的后面走上了山坡，第一次远离故乡，跋涉山水，去探问另一个憧憬着的世界，勇往地肩起了“人”所应负的担子。我的血在飞腾着，我的心是平静的，平静中满含着欢乐。我坚定地相信我将有一个光明的伟大的未来。

但是暴风雨卷着我的旅程，我愈走愈远离了家乡。没有好的消息给母亲，也没有如母亲所期待的三年后回到家乡。一直过了七八年，我才负着沉重的心，第一次重踏到生长我的土地。那时虽走着出门时的原来路线，但山的两边的两条长的水路已经改驶了汽船，过岭时换了洋车。叮叮叮叮的铃子和呜呜的汽笛声激动着旅人的心。

到得最近，路线完全改变了。山岭已给铲平，离开我们村庄不远的地方，开了一条极长的汽车路。它把我们旅行的时间从夜里二时出发改做了午后二时。然而旅人的心愈加乱了，没有一刻不是强烈地被震动着。父亲出门时是多么的安静，舒缓，快乐，有希望。他有十年二十年的计划，有安定的终身的职业。而我呢？紊乱，匆忙，忧郁，失望，今天管不着明天，没有一种安定的生活。

实际上，父亲一生是劳碌的，他独自负荷着家庭的重任，远离家乡，一直到他七十岁为止。到了将近去世的几年中，他虽然得到了休息，但还依然刻苦地帮着母亲治理杂务。然而，他一生是快乐的。尽管天灾烧去了他亲手支起的小屋，尽管我这个做儿子的时时在毁损着他的产业，因而他也难免起了一点儿忧郁，但他的心一直到临死的时候为止仍是十分平静的。他相信着自己，也相信着他的儿子。

我呢？我连自己也不能相信。我的心没有一刻能够平静。

当父亲死后两年，深秋的一个夜里二时，我出发到同一方向的山边去，船同样地在柔软轻漾的绸子似的水面滑着，黑色的天空同样地镶着珍珠似的明星，但我的心里却充满了烦恼、忧郁、凄凉、悲哀，和第一次跟着父亲出远门时的我仿佛是两个人了。

原来我这一次是去掘开父亲给自己造成的坟墓，把他永久地安葬的。

父亲和他的故事

胡也频

我常常听别人说到我父亲：有的说他是个大傻子，有的说他是天下最荒唐的人，有的说……总而言之人家所说的都没有好话，不是讥讽就是嘲笑。有一次养鸡的那个老太婆骂她的小孩子，我记得，她是我们乡里顶凶的老太婆，她开口便用一张可怕的脸——

"给你的那个铜子呢？"

"输了。"那孩子显得很害怕。

"输给谁呢？"

"输——输给小二。"

"怎么输的？"

"两条狗打架……我说黄的那条打赢，他说不，就这样输给他了。"那孩子一面要哭的鼓起嘴。

"你这个小毛虫！"老太婆一顺手便是一个耳光，接着骂道："这么一点儿年纪就学坏，长大了，你一定是个败家子，也像那个高鼻子似的……"所谓高鼻子，这就是一般乡人只图自己快活而送给我父亲的绰号。

真的，对于我父亲，全乡的人并没有谁曾生过一些敬意——不，简直在人格上连普通的待遇也没有，好像他是一个罪不可赦的罪人，什么人只要不像他，便什么都好了。

然而父亲在我的心中，却实在并不同于别人那样的轻视，我看见我父亲，我觉得他可怜了。

父亲的脸总是沉默的，沉默得可怕，轻易看不到他的笑容。他终日工作的辛苦，使得他的眼睛失去了充足的光彩。因为他常常蹙着眉头，那额上，便自自然然添出两条很深的皱纹了。我不能在他这样的脸貌上看出使人家侮蔑的证据。并且，父亲纵然是非常寡言，但是并不冷酷，只有一次他和母亲生气打破一只饭碗之外，我永远觉得父亲是慈爱可亲的。我一看见我父亲就欢喜了。

不过人言也总有它的力量。听别人这样那样说，我究竟也对于父亲生过怀疑。我想：为什么人家不说别人的坏话，单单要说父亲一个呢？可是一看见到父亲，我就觉得这种怀疑是我的罪过，我不该在如此慈爱可亲的父亲面前怀疑他年轻时曾做过什么不合人情的事。父亲的确是个好父亲，好人，我这样确定。倘若像父亲这样的人是个坏人，那么全世界的人就没有一个好的，我并且想。

虽说我承认我父亲并不是乡人所说的那种人，但人家一说到坏处就拿“高鼻子”做比喻，却是永远继续下去了。

这直到有一天，我记得，就是那只黄母鸡连生两个蛋的那一天。这天一天亮太阳就是红的。父亲拿着锄头到菜园里去了。母亲为了病的缘故还躺在床铺上。她把我推醒了，说：

“你也该起来了，狗狗！”

我擦着眼屎回答：“今天不去。”

“为什么？”

“两只母牛全有病，那只公牛又要牵到城里去。”

“那么，”母亲忽然欢喜了。“趁今天，你多睡一会儿吧，好孩子，你天天总没有睡够的！”

我便合上眼睛，然而总不能睡，一种习惯把我弄得非醒着不可了，于是我问到父亲。

“到菜园去了。”

想着父亲每天不是到菜园就是到田里去做工，那怜悯他的心情，又油然而生：在我，我是只承认父亲应该在家里享福的，像别的有钱的人在家里享福一样。然而父亲是穷人，他只能到田里或菜园去，把锄头掮在白脑壳后面（因为他的头发全白了），这就是我很固执地可怜他的缘故。

我这时并且联想到许多人言——那每一个字音都是不怀好意的侮蔑，我不禁又怀疑起父亲了。我觉得，倘若这人言是有因的，那么母亲一定知道这秘密。

“爸爸是好人，可是全乡的人都讲他不好。”我开头说。

母亲不做声。她用惊疑的眼光看我，大约我说的话太出她意外了。

“人家一说到不好的事情就拿他做比喻……”

母亲闭起眼睛，想着什么似的。

我又说：“为什么呢，大家都这样鄙视爸爸？为什么他们不鄙视别人？爸爸是好人，我相信——”

母亲把眼睛张开了，望了我一眼，便叹了一口气。

于是我疑惑了。母亲的这举动，使我不能不猜疑到父亲或者真有了什么故事，为大家所瞧不起的。

我默着。我不想再说什么了。我害怕母亲将说出父亲的什么坏事。我不愿在慈爱可亲的父亲身上发现了永远难忘的秘密。我望着母亲，我希望她告诉我：父亲是怎样值得敬重的人物……我又想着许多人言去了。

我一面极力保存我的信仰，这就是父亲仍然是一个慈爱可亲的父亲。他的那沉默苦闷的脸，那因了辛苦的白头发，便在一瞬间全浮到我心上来了。我便又可怜他。我觉得人家的坏话是故意捏造的，捏造的缘故，正是人们容不得有个好人。

然而母亲却开口了，第一句她就埋怨说：

“怪得别人吗？”

这是怎样一种不幸事实的开头呢。我害怕。我不愿父亲变成不是我所敬爱的父亲。我几乎发呆地望着母亲，在我的心中我几乎要哭了，可是母亲并不懂得这意思，她只管说她的感慨。

“只怪他自己！”

显然父亲曾做过什么坏事了。我只想把母亲的嘴掩住，不要她再说出更不好的关于父亲的事情。

可是母亲又说下去了：“自己做的事正应该自己去承受！”她又叹了一口气。“女人嫁给这样的男子，真是前世就做过坏梦的女人。”

我吓住了。我真个发呆地望着她。我央告地说：

“不——妈妈，你不要再说下去了。”

母亲不理会。也许她并不曾听见我所说的。她又继续她的感慨：

“真的，天下的男人（把女人也在内），可没有第二个人比你父亲还傻的。傻得真岂有此理——

（她特别望了我一眼）

“你以为我冤枉他吗？冤枉，一点儿也不。他实在比天下人都傻。我从没有听说过有人会像他那样的荒唐！你想想，孩子，你爸爸做的是什么事情。

“说来年代可久了。那是二十五年前的事——你还没有出世呢——我嫁给你父亲还不到两年。这两年以前的生活却也过得去。这两年以后么，见鬼啦，我永远恨这个傻子，荒唐到出奇的人。我到现在还没有寻死，也就是要恨他才活着的。

“这一年是一个荒年。真荒得厉害。差不多三个月不下一滴雨。把水龙神游街了五次，并且把天后娘娘也请出宫来了，然而全白费。哪里见一滴雨？田干了，池子干了，河水干了，鱼虾也干了。什么都变了模样！树叶是黄的，菜叶是黄的，秧苗也是黄的，石板发烧，木头快要发火了，牲畜拖着舌头病倒了，人也要热得发狂了。那情景，真是，好像什么都要暴动的样子：天也要暴动，地也要暴动……到处都是蝗虫。

"直到现在，我还是害怕太阳比害怕死还害怕，说到那一年的旱荒，没有一个人有胆子再去回想一趟。（她咽了一下口水）你——有福气的孩子，没有遇上那种荒年，真是比什么人都有福气的。

"你父亲干的荒唐事就在那时候。这个大傻子，我真不愿讲起他，讲起他来我的心就会不平，我永远不讲他才好。

（母亲情不自禁的却又讲下去：）

"你父亲除了一个菜园，一个小柴山，是还有三担田的。因为自己有田，所以对于那样的旱天，便格外焦心了。他天天跑到田里去看：那才出地三寸多长的秧慢慢地软了，瘪了，黄了，干了，秋收绝望了。这是何等重大的事情啊，一个秋收的绝望！其实还不止没有谷子收，连菜也没有，果木更不用说了——每一个枝上都生虫了。

"你父亲整天地叹气：完了，什么都完了！

"不消说，他也和别人一样，明知是秧干了，菜黄了，一切都死了，纵然下起雨来也没有救了，然而还是希望着下雨的。你父亲希望下雨的心比谁都强。他竟至于发誓说：只要下雨的，把他的寿数减去十年，他也愿意的。

"他的荒唐事就在这希望中发生了。这真是千古没有的荒唐事！你想想看是一种什么事呀？

"你父亲正在菜园里，一株一株地拔去那干死的油菜，那个——我这一辈子不会忘记他——那个曾当过刽子手的王大保，他走来了，你父亲便照例向他打招呼。两个人便开始谈话了。

"他先说，'唉！今年天真干得可以！'

"'可不是？'你父亲回答，'什么都死了。'

"'天灾啊！'

"'谁说不是呢？我们这一县从今年起可就穷到底了。'

"'有田的人也没有米吃……'

"'没有田的人更要饿死了。'

"'你总可以过得去吧。去年你的田收成很好呀。'

“‘吃两年无论如何是不够的。说不定这田明年也下不得种：太干了，下种也不会出苗的。’

“‘干得奇怪！大约一百年所没有的。’

“‘再不下雨，人也要干死了。’

“‘恐怕这个月里面不会下吧。’

“‘不。我想不出三天一定会下的。’

“‘怎么见得呢？’

“‘我说不出理由。横直在三天之内一定会下的。’

“‘我不信。’

“‘一定会的。’

“‘你看这天气，三天之内能下雨吗？’

“‘准能够。’

“‘我说，一定不会下的。’

“‘一定会——’

“‘三天之内能下雨，那才是怪事呢——’

“‘怎么，你不喜欢下雨吗？’

“‘为什么说我不喜欢？’

“‘你自己没有田——’

“‘你简直侮辱人……’

“‘要是不，为什么你硬说要不会下雨呢？’

“‘看天气是不会下的。’

“‘一定会——’

“‘打个睹！’

“‘好的，你说打什么？’

“‘把我的人打进去都行。’

“哪么，你说——’

“‘我有四担田——就是你知道的，我就把这四担田和你打赌。’

"'那我只有三担田。'

"'添上你的那个柴山好了。'

"'好的'

"'说赌就是真赌。'

"'不要脸的人才会反悔。'

"其实你父亲并不想赢人家的田。他只是相信他自己所觉得的，三天之内得下雨。

"谁知三天过去了，满天空还是火热的，不但不下雨，连一块像要下雨的云都没有。这三天的最后一天，你父亲真颓丧得像个什么，不吃饭，也不到田里去，只在房里独自地烦恼，愤怒得几乎要发疯了。

"于是第四天一清早，那个王大保就来了，他开头说："打赌的事情你大约已经忘记了！'

"'谁忘记呢！'你父亲的生性是不肯受一点儿委屈的。

"'那么这三天中你看见过下雨吗？'

"你父亲不做声。

"他又说：'那个赌算是真赌还是假赌？'

"你父亲望着他。

"'不要脸的人才会反悔——这是你自己说的话呀。'王大保冷冷地笑。

"'我反悔过没有？'你父亲动气了。

"'不反悔那就得实行我们的打赌。'

"'大丈夫一言既出——破产算个什么呢。'你父亲便去拿田契。

"唉！（母亲特别感慨了）这是什么事情啊。我的天！为了讲笑话一样的打赌，就真的把仅有的三担田输给别人吗？没有人干过的事！那时候我和你父亲争执了半天，我死命不让他把田契拿去，可是他终于把我推倒，一伸腿就跑开了。

“我是一个女人，女人能够做什么事呢？我只有哭了。眼泪好几天没有干。可是流泪又有什么用处呢？

“你父亲——这个荒唐鬼——大大方方地就把一个小柴山和三担田给人家去了。自己祖业已成为别人的财产了。什么事只有男子才干得出来的。我有什么能力？一个女人，女人固然是男子所喜欢的，但是女人要男子不做他任意的事情可不行。我哭，哭也没有用；我恨，恨死他，还不是空的。

“啊，我记起了，我和你父亲还打了一场架呢。

“他说：‘与其让别人说我放赖，说我是一个打不起赌的怯汉，与其受这种羞辱，我宁肯做叫花子或是饿死的！’

“然而结果呢？把柴山给人家了，把田也给人家了，还不是什么人都说你父亲的坏话？这个傻子……”

母亲把话停住，我看见她的眼泪慢慢地流出来。

“要不是，”她又说，“我们也不会这样苦呀。”声音是呜咽了。

我害怕母亲的哭，便悄悄地跑下楼去。

这一天的下午我看见到父亲，我便问：

“爸爸，你从前曾和一个刽子手打赌，是不是？”

父亲吃了一惊。

“听谁说的？”他的脸忽然阴郁了。

“人家都说你不好，所以我问母亲，母亲告诉我的。”

父亲的眉头紧蹙起来，闭起眼睛，显得万分难过的样子。

“对了，爸爸曾有过这么一回事。”他轻轻地拍一下我的肩膀说，“这都是爸爸的错处，害得你母亲吃苦，害得你到现在还替人家看牛……”

父亲想哭似的默着走去了。

从这时起我便觉得我父亲是一个非凡的人物。而这故事便是证明他非凡的故事。

悼志摩

林徽因

十一月十九日我们的好朋友，许多人都爱戴的新诗人，徐志摩突兀地，不可信地，惨酷地，在飞机上遇险而死去。这消息在二十日的早上像一根针刺猛触到许多朋友的心上，顿使那一早的天墨一般地昏墨，哀恸的咽哽锁住每一个人的嗓子。

志摩……死……谁曾将这两个句子连在一起想过！他是那样活泼的一个人，那样刚刚站在壮年的顶峰上的一个人。朋友们常常惊讶他的活动，他那像小孩般的精神和认真，谁又会想到他死？

突然的，他闯出我们这共同的世界，沉入永远的静寂，不给我们一点儿预告，一点儿准备，或是一个最后希望的余地。这种几乎近于忍心的决绝，那一天不知震麻了多少朋友的心！现在那不能否认的事实，仍然无情地挡住我们前面。任凭我们多苦楚地哀悼他的惨死，多迫切地希冀能够仍然接触到他原来的音容，事实是不会为体贴我们这悲念而有些须更改；而他也再不会为不忍我们这伤悼而有些须活动的可能！这难堪的永远静寂和消沉便是死的最残酷处。

我们不迷信的，没有宗教地望着这死的帷幕，更是丝毫没有把握。张开口我们不会呼吁，闭上眼不会入梦，徘徊在理智和情感的边沿，我们不能预期后会，对这死，我们只是永远发怔，吞咽枯涩的泪，待时间来剥削这哀恸的尖锐，痂结我们每次悲悼的创伤。那一天下午初得到消息的许多朋友不是全跑到胡适之先生家里吗？但是除却拭泪相对，默然围坐外，谁也没有主意，谁也不知有什么话说，对这死！

谁也没有主意，谁也没有话说！事实不容我们安插任何的希望，情感不容我们不伤悼这突兀的不幸，理智又不容我们有超自然的幻想！默然相对，默然围坐……而志摩则仍是死去没有回头，没有音讯，永远地不会回头，永远地不会再有音讯。

我们中间没有绝对信命运之说的，但是对着这不测的人生，谁不感到惊异，对着那许多事实的痕迹又如何不感到人力的脆弱，智慧的有限？世事尽有定数？世事尽是偶然？对这永远的疑问我们什么时候能有完全的把握？

在我们前边展开的只是一堆坚质的事实：

“是的，他十九晨有电报来给我……”

“十九日早晨，是的！说下午三点准到南苑，派车接……”

“电报是九时从南京飞机场发出的……”

“刚是他开始飞行以后所发……”

“派车接去了，等到四点半……说飞机没有到……”

“没有到……航空公司说济南有雾……很大……”只是一个钟头的差别；下午三时到南苑，济南有雾！谁相信就是这一个钟头中便可以有这么不同事实的发生，志摩，我的朋友！

他离平的前一晚我仍见到，那时候他还不知道他次晨南旅的，飞机改期过三次，他曾说如果再改下去，他便不走了的。我和他同由一个茶会出来，在总布胡同口分手。在这茶会里我们请的是为太平洋会议来的一个柏雷博士，因为他是志摩生平最爱慕的女作家曼殊斐儿的姊丈，志摩十分的殷勤；希望可以再从柏雷口中得些关于曼殊斐儿早年的影子，只因限于时间，我们茶后匆匆地便散了。晚上我有约会出去了，回来时很晚，听差说他又来过，适遇我们夫妇刚走，他自己坐了一会儿，喝了一壶茶，在桌上写了些字便走了。我到桌上一看：——

“定期早六时飞行，此去存亡不卜……”我怔住了，心中一阵不痛快，却忙给他一个电话。

“你放心，”他说，“很稳当的，我还要留着生命看更伟大的事迹呢，哪能便死？……”

话虽是这样说，他却是已经死了整两周了！

凡是志摩的朋友，我相信全懂得，死去他这样一个朋友是怎么一回事！

现在这事实一天比一天更结实，更固定，更不容否认。志摩是死了，这个简单惨酷的实际早又添上时间的色彩，一周，两周，一直地增长下去……

我不该在这里语无伦次的尽管呻吟我们做朋友的悲哀情绪。归根说，读者抱着我们文字看，也就是像志摩请柏雷一样，要从我们口里再听到关于志摩的一些事。这个我明白，只怕我不能使你们满意，因为关于他的事，动听的，使青年人知道这里有个不可多得的人格存在的，实在太多，决不是几千字可以表达得完的。谁也得承认像他这样的一个人世间便不轻易有几个的，无论在中国或是外国。

我认得他，今年整十年，那时候他在伦敦经济学院，尚未去康桥。我初次遇到他，也就是他初次认识到影响他迁学的逖更生先生。不用说他和我父亲最谈得来，虽然他们年岁上差别不算少，一见面之后便互相引为知已。他到康桥之后由逖更生介绍进了皇家学院，当时和他同学的有我姊丈温君源宁。一直到最近两月中源宁还常在说他当时的许多笑话，虽然说是笑话，那也是他对志摩最早的一个惊异的印象。志摩认真的诗情，绝不含有丝毫矫伪，他那种痴，那种孩子似的天真实能令人惊讶。源宁说，有一天他在校舍里读书，外边下了倾盆大雨——唯是英伦那样的岛国才有的狂雨——忽然地听到有人猛敲他的房门，外边跳进一个被雨水淋得全湿的客人。不用说他便是志摩，一进门一把扯着源宁向外跑，说快来我们到桥上去等着。这一来把源宁怔住了，他问志摩等什么在这大雨里。志摩睁大了眼睛，孩子似的高兴地说：“看雨后的虹去。”源宁不止说他不去，并且劝志摩趁早将湿透的衣服换下，再穿上雨衣出去，英国的湿气岂是儿戏，志摩不等他说完，一溜烟儿地自己跑了！

以后我好奇地曾问过志摩这故事的真确，他笑着点头承认这全段故事的真实。我问：“那么下文呢，你立在桥上等了多久，并且看到虹了没有？”他说记不清，但是他居然看到了虹。我诧异地打断他对那虹的描写，问他：怎么他便知道，准会有虹的。他得意地笑答我说：“完全是诗意的信仰！”

“完全是诗意的信仰”，我可要在这里哭了！也就是为这“诗意的信仰”，他硬要借航空的方便达到他“想飞”的宿愿！“飞机是很稳当的，”他说，“如果要出事，那是我的运命！”他真对运命这样完全诗意地信仰！

志摩，我的朋友，死本来也不过是一个新的旅程，我们没有到过的，不免过分地怀疑，死不定就比这生苦，“我们不能轻易断定那一边没有阳光与人情的温慰”，但是我前边说过，最难堪的是这永远的静寂。我们生在这没有宗教的时代，对这死实在太没有把握了。这以后许多思念你的日子，怕要全是昏暗的苦楚，不会有一点点光明，除非我也有你那美丽的诗意的信仰！

我个人的悲绪不竟又来扰乱我对他生前许多清晰的回忆，朋友们原谅。

诗人的志摩用不着我来多说，他那许多诗文便是估价他的天平。我们新诗的历史才是这样的短，恐怕他的判断人尚在我们儿孙辈的中间。我要谈的是诗人之外的志摩。人家说志摩的为人只是不经意的浪漫，志摩的诗全是抒情诗，这断语从不认识他的人听来可以说很公平，从他朋友们看来实在是对不起他。志摩是个很古怪的人，浪漫固然，但他人格里最精华的却是他对人的同情、和蔼和优容；没有一个人他对他不和蔼，没有一种人，他不能优容，没有一种的情感，他绝对地不能表同情。我不说了解，因为不是许多人爱说志摩最不解人情吗？我说他的特点也就在这上头。

我们寻常人就爱说了解；能了解的我们便同情，不了解的我们便很落漠乃至于酷刻。表同情于我们能了解的，我们以为很适当；不表同情于我们不能了解的，我们也认为很公平。志摩则不然，了解与不了解，他并没有过分地夸张，他只知道温存、和平、体贴，只要他知道有情感的存在，无论出自何人，在何等情况之下，他理智上认为适当与否，他全能表几分同情，他真能体会原谅他人与他自己不相同处。从不会刻薄地单支出严格的迫仄的道德的天平，指谪凡是与他不同的人。他这样的温和，这样的优容，真能使许多人惭愧，我可以忠实地说，至少他要比我们多数的人伟大许多；他觉得人类各种的情感动作全有它不同的，价值放大了的人类的眼光，同情是不该只限于我们划定的范围内。他是对的，朋友们，归根说，我们能够懂得几个人，了解几桩事，几种情感？哪一桩事，哪一个人没有多面的看法？为此说来，志摩朋友之多，不是个可怪的事；凡是认得他的人，不论深浅对他全有特殊的感情，也是极自然的结果。而反过来看他自己，在他一生的过程中却是很少得着同情的。不止如是，他还曾为他的一点理想的愚诚几次几乎不见容于社会。但是他却未曾为这个而鄙吝他给他人的同情心，他的性情，不曾为受了刺激而转变刻薄暴戾过，谁能不承认他极有超人的宽量。

志摩的最动人的特点，是他那不可信的纯净的天真，对他的理想的愚诚，对艺术欣赏的认真，体会情感的切实，全是难能可贵到极点。他站在雨中等虹，他甘冒社会的大不韪争他的恋爱自由；他坐曲折的火车到乡间去拜哈代，他抛弃博士一类的引诱卷了书包到英国，只为要拜罗素做老师，他为了一种特异的境遇，一时特异的感动，从此在生命途中冒险，从此抛弃所有的旧业，只是尝试写几行新诗——这几年新诗尝试的运命并不太令人踊跃，冷嘲热骂只是家常便饭——他常能走几里路去采几茎花，费许多周折去看一个朋友说两句话……这些，还有许多，都不是我们寻常能够轻易了解的神秘。我说神秘，其实竟许是傻，是痴！事实上他只是比我们认真，虔诚到傻气，到痴！他愉快起来，他的快乐的翅膀可以碰得到天，他忧伤起来，他的悲戚是深得没有底。寻常评价的衡量在他手里失了效用，利害轻重他自有他的看法，纯是艺术的情感的脱离寻常的原则，所以往常人常听到朋友们说到他总爱带着嗟叹的口吻说："那是志摩，你又有什么法子！"他真的是个怪人吗？朋友们，不，一点都不是，他只是比我们近情，近理，比我们热诚，比我们天真，比我们对万物都更有信仰，对神，对人，对灵，对自然，对艺术！

朋友们，我们失去的不止是一个朋友，一个诗人，我们丢掉的是个极难得可爱的人格。

至于他的作品全是抒情的吗？他的兴趣只限于情感吗？更是不对。志摩的兴趣是极广泛的。就有几件，说起来，不认得他的人便要奇怪。他早年很爱数学，他始终极喜欢天文，他对天上星宿的名字和部位就认得很多，最喜暑夜观星，好几次他坐火车都是带着关于宇宙的科学的书。他曾经译过爱因斯坦的相对论，并且在一九二二年便写过一篇关于相对论的东西，登在《民铎》杂志上。他常向思成说笑："任公先生的相对论的知识还是从我徐君志摩大作上得来的呢，因为他说他看过许多关于爱因斯坦的哲学都未曾看懂，看到志摩的那篇才懂了。"今夏我住香山养病，他常来闲谈，有一天谈到他幼年上学的经过和美国克莱克大学两年学经济学的景况，我们不禁对笑了半天，后来他在他的《猛虎集》的"序"里也说了那么一段。可是奇怪的！他不像许多天才，幼年里上学，不是不及格，便是被斥退，他是常得优等的，听说有一次康乃尔暑校里一个极严的经济教授还写了信去克莱克大学教授那里恭维他的学生，关于一门很难的功课。我不是为志摩在这里夸张，因为事实上只有为了这桩事，今夏志摩自己便笑得不亦乐乎！

此外他的兴趣对于戏剧、绘画都极深浓，戏剧不用说，与诗文是那么接近，他领略绘画的天才也颇可观，后期印象派的几个画家，他都有极精密的爱恶，对于文艺复兴时代那几位，他也很熟悉，他最爱鲍蒂切利和达文骞。自然地他也常承认文人喜画常是间接地受了别人论文的影响，他的，就受了法兰和斐德的不少。对于建筑审美，他常常对思成和我道歉说："太对不起，我的建筑常识全是Ruskins那一套。"他知道我们是最讨厌Ruskins的。但是为看一个古建的残址，一块石刻，他比任何人都热心，都更能静心领略。

他喜欢色彩，虽然他自己不会作画，暑假里他曾从杭州给我几封信，他自己叫它们做"描写的水彩画"，他用英文极细致地写出西（边）桑田的颜色，每一分嫩绿，每一色鹅黄，他都仔细地观察到。又有一次他望着我园里一带断墙半晌不语，过后他告诉我说，他正在默默体会，想要描写那墙上向晚的艳阳和刚刚入秋的藤萝。

对于音乐，中西的他都爱好，不止爱好，他那种热心便唤醒过北平一次——也许唯一的一次——对音乐的注意。谁也忘不了那一年，克拉斯拉到北平在"真光"拉一个多钟头的提琴。对旧剧他也得算"在行"，他最后在北平那几天，我们曾接连地同去听好几出戏，回家时我们讨论得热闹，比任何剧评都诚恳、都起劲。

谁相信这样的一个人，这样忠实于"生"的一个人，会这样早地永远地离开我们另投一个世界，永远地静寂下去，不再透些须声息！

我不敢再往下写，志摩若是有灵，听到比他年轻许多的一个小朋友，拿着老声老气的语调谈到他的为人，不觉得不快吗？这里我又来个极难堪的回忆，那一年他在这同一个的报纸上，写了那篇伤我父亲惨故的文章，这梦幻似的人生转了几个弯，曾几何时，却轮到我在这风紧夜深里握吊他的惨变，这是什么人生？什么风涛？什么道路？志摩，你这最后的解脱未始不是幸福，不是聪明，我该当羡慕你才是。

私塾师

陆蠡

今年的春天，我在一个中学里教书。学校的所在地是离我的故乡七八十里的山间，然而已是邻县了。这地方的形势好像畚箕的底，三面环山，前一面则是通海口的大路，这里是天然的避难所和游击战的根据地。学校便是为了避免轰炸，从近海的一个城市迁来的。

我来这里是太突兀。事前自己并未想到，来校后别人也不知道。虽则这地方离我家乡不远，因为山乡偏僻，从来不曾到过。往常，这一带是盗匪出没的所在，所以如没有什么要事，轻易不会跑到这山窝里来。这次我来这学校，一半是感于办学校的师友的盛意，另一半则是因为出外的路断了，于是我便暂时住下来。

这里的居民说着和我们很近似的乡音，房屋建筑形式以及风俗习惯都和家乡相仿。少小离乡的我，住在这边有一种异常的亲切之感。倘使我不是在外间羁绊着许多未了的职务，我真甘愿长住下去。我贪羡这和平的一个角落，目前简直是归隐了，没有访问，没有通信，我过着平淡而寂寞的日子。

有一天，一位同学走进我的房间，说是一位先生要见我。

这使我很惊讶。在这里，除了学校的同事外，我没有别的朋友。因为他们还不曾知道我，在这山僻地方有谁来找我呢？我疑惑着。我搜寻我的记忆，摸不着头脑，而这位先生已跨进来了。

他是一位年近六十的老人，一瞥眼我就觉得很熟识，可是一时想不起来。我连忙让座、倒茶、递烟、点火，我借种种动作来延长我思索的时间，我不便请教他的尊姓，因为这对于熟悉的人是一种不敬。我仔细分析这太熟识的面貌上的每一条皱纹，我注意他的举止和说话的声音，我苦苦地记忆。忽然我叫起来。

“兰畦先生！”

见我惊讶的样子，他缓慢地说：

“还记得我吧？”

“记得记得。”

我们暂时不说话。这突如的会面使我一时找不出话端，我平素是那么木讷。我呆了好久。

兰畦先生是我幼年的私塾师。正如他的典型的别号所表示，他代表一批“古雅”的人物。他也有着“古雅”的面孔：古铜色的脸，端正的鼻子，整齐的八字胡。他穿了一件宽大的蓝布长衫，外面罩上黑布马褂。头上戴一顶旧皮帽，着一双老布棉鞋。他手里拿了一根长烟管，衣襟上佩着眼镜匣子——眼镜平常是不用的——他的装束，是十足古风的。这种的装束，令人一望而知他是一个山里人，这往往成为轻薄的城里人嘲笑的题材，他们给他一个特别的名称“清朝人”，这便是“遗民”的意思。

他在我家里坐馆，是二十多年前的事。现在我想起私塾的情形，恍如隔了一整个世纪。那时我是一个很小的孩子，父亲把他的希望和他的儿子关在一起，在一座空楼内，叫这位兰畦先生督教。我过的是多么寂寞的日子啊！白天不准下楼，写字读书，读书写字。兰畦先生对我很严厉：破晓起床，不洗脸读书；早饭后背诵，点句，读书，写字；午饭后也是写字，读书；天黑了给我做对仗，填字。夜间温课，熬过两炷香。我读着佶屈聱牙的句子，解说着自己不懂而别人也不懂的字义。兰畦先生有时还无理地责打我，呵斥我，我小小的心中起了反感和憎恨。我恨他的人，恨他的长烟管，恨他的戒尺，但我最恨的是他的朱笔，它点污了我的书，在书眉上记下日子，有时在书面上记下责罚。于是我便把写上难堪字样的书面揉烂。

自他辞馆后，我立意不再理睬他，不再认他做先生，不想见他的面。真的，当我从外埠的中学念书回来，对于他的严苛还未能加以原谅。

现在，他坐在我的面前，还是那副老样子。二十多年前的老样子。他微笑地望着，望着他从前责打过的孩子。这孩子长大了，而且也做了别人的教师。他在默认我的面貌。

“啊，二十多年了！”终于我说了出来。

“二十多年，你成了大人，我成了老人。”

“身体好吗？”

“穷骨头从来不生病。我的父亲还在呢，九十左右了，仍然健步如飞。几时你可以看到他。”他引证他一家人都是有极结实的身体。

“真难得。我祖父在日，也有极健康的老年。”我随把他去世的事情告诉他。

“他是被人敬爱的老人。你的父母都好吗？”

“好。”

“姐妹们呢？”

“都好。”

他逐个地问着我家庭中的每一人。这不是应酬敷衍，也不是一种噜苏，是出于一种由衷的关切。他不复是严峻的塾师，倒是极温蔼的老人了。随后我问他怎样会到这里来，怎会知道我，他微笑了。他一一告诉我，他原要到离此十几里的一个山村去，是顺路经过此地的。他说他是无意中从同学口里听到我在这里教书，他想看看隔了二十多年的我是怎么个样子，看看我是否认得他。他说他看到我很高兴，又说他立刻就要动身，一面站起来告辞。

“住一两天不行吗？”我挽留他。

“下次再有机会，现在我得走。”他伸手去取他的随身提篋。

我望着这提篋，颇有几斤重量，而且去那边的山岭相当陡峻，我说，“送先生去吧。”

“不必，不必。你有功课，我自己去。”他推辞着。他眉宇间却露出一种喜悦，是一种受了别人尊敬感觉到的喜悦。

我坚持要送他。我说好久不追随先生了，送一程觉得很愉快。我说我预备请一点钟假，因为上午我只有一课，随时可补授的。

窗外，站着许多同学，交头接耳地议论些什么，好像是猜测这位老先生和我的关系。

我站起来，大声地向他们介绍，说这位是我的先生，我幼年的教师。他现在要到某村去，我要送他。我预备请一点钟假。

同学中间起了窃窃的语声。看他们的表情，好像说："你有了这样的一位教师，不见得怎么光荣。"

于是我又向他们介绍："这是我的先生。"

我们走了。出校门时，有几位同学故意问我到哪里去，送的是我的什么人，我特地大声回答，我送他到某村去，他是我的先生。

路上，我们有着琐碎的谈话。他问起我：

"你认得×××吗？他做了旅长了。"

"不大认得。"

"××呢，他是法政大学毕业的，听说做了县长。"

"和我陌生。我没读过法政。"

"××，你应该认得的。"

"我的记性太坏。"

"××，你的同宗。"

"影像模糊，也许会过面。"

"还有××？"

"只知其名，未识其面。"

"那么你只记得我？"

"是的。记得先生。"

他微嘘一口气。好像得到一种慰藉。他，他知道，他是被人遗忘的一个。很少有人记得他，尊敬他的。他是一个可怜的塾师。

"如果我在家乡住久些，还想请先生教古文呢。从前念的都还给先生了。"我接着带笑说。

"太客气了。现在应该我向你请教了。"

这句并没有过分。真的，他有许多地方是该向我请教了。当他向我诉说他的家境的寒苦，他仍不得不找点糊口之方，私塾现在是取消了，他不得不去找一个小学教员的位置；他不得不丢开四书五经，拿起国语常识；他不得不丢下红朱笔，拿起粉笔；他不得不离开板凳，站在讲台上；他是太老了，落伍了，他被人家轻视，嘲笑，但他仍不得不忍受这一切；他自己知道不配做儿童教师，他所知道的新知识不见得比儿童来得多，但是他不得不哄他们，骗他们，把自己不知道的东西告诉他们；言下他似不胜感喟。

“现在的课本我真弄不来。有一次说到‘咖啡’两字，我不知道这是什么东西。我只就上下文的意义猜说‘这是一种饮料’，这对吗？”

“对的。咖啡是一种热带植物的果实，可以焙制饮料，味香，有提神的功用。外国人日常喝的，我们在外边也常喝的。还有一种可可，和这差不多，也是一种饮料。”

“还有许多陌生字眼，我不知道怎么解释，也不知怎么读。例如气字底下做个羊字，或是氢字，金旁做个乌字或白字，这不知是些什么东西？”

“这是一些化学名词，没读过化学的人，一时也说不清楚，至于读音，顺着半边去读就好了。”

他感慨了。他说到他这般年纪，是应该休息了。他不愿意坑害人家子弟，把错误的东西教给孩子们。他说他宁愿做一个像从前一样的塾师，教点《幼学琼林》或是《书经》、《诗经》之类。

“先生是应该教古文而不该教小学的。”我说。

“是的，小学比私塾苦多了。这边的小学，每星期二三十点钟，一年的薪金只有几十块钱，自己吃饭。倒不如坐馆舒服得多！”

我知道这情形。在这山乡间，小学仍不过是私塾的另一个形式。通常一个小学只有一个教师，但也分成好几年级，功课也有许多门：国语、常识、算术、音乐、体操等。大凡进过中学念过洋书的年轻人，都有着远大的梦想，不肯干这苦职业，于是这被人鄙视的位置，只有失去了希望的老塾师们肯就。我的先生自从若干年前私塾制废除后，便在这种“新私塾”里教书了。

“现在你到××干什么呢？”我还不知道他去那边的目的。

“便是来接洽这里的小学位置哟！”好像十分无奈似的。忽然他指着我头上戴的帽子问：

“像这样的帽子要多少钱一顶？”

“大约五六块钱。”我回答。

“倘使一两块钱能买到便好了。我希望能够有一顶。”

“你头上的皮帽也很合适。”我说。

“天热起来了，还戴得住吗？”

说话间我们走了山岭的一半。回头望望，田畴村舍，都在我们的脚下。他于是指着盘曲起伏的峰岭和点缀在绿色的田野间的像雀巢般的村舍，告诉我那些村庄和山岭的名字。不久，我们踅过了山头。前面，在一簇绿色的树林中显露出几座白垩墙壁。“到了。”他对我说，他有点儿微喘。我停住脚步，将手中提箧交给他，说我不进去，免得打扰人家。他坚持要我进去吃了午饭走，我固执地要回校。他于是吐出他最后的愿望，要我在假期中千万到他家去玩玩，住一宿，谈一回天，于他是愉快的。他将因我的拜访而觉得骄傲。他把去他家的路径指点给我，并描出他屋前舍后的景物，使我便于找寻，但我的脑里却想着他所说的帽子，我想如何能在冬季前寄给他。它应是如何颜色，如何大小，我把这些问得之后，回身下山走了。

我下山走。我心里有一种矛盾的想头：我想到这位老塾师，又想到他所教的一批孩子。“他没有资格教孩子，但他有生存的权利。”我苦恼了。我又想中国教育的基础，最高学府建筑在不健全的小学上，犹如沙上筑塔——我又联想到许多个人和社会的问题，忽然听到脑后有人喊。

“喂，向左边岔路走哪儿。”

原来我信步走错了一条路。这路。像个英文的Y字母，来时觉得无岔路，去时却是两条。我回头，望见我的先生，仍站在山头上，向我挥手。

“我认识路的，再见，先生。”我重向他挥手。

失眠之夜

萧　红

为什么要失眠呢！烦躁、恶心、心跳、胆小，并且想要哭泣。我想想，也许就是对故乡的思虑吧。

窗子外面的天空高远了，和白棉一样绵软的云彩低近了，吹来的风好象带点儿草原的气味，这就是说已经是秋天了。

在家乡那边，秋天最可爱。

蓝天蓝得有点儿发黑，白云就像银子做成的一样，就像白色的大花朵似的点缀在天上；就又像沉重得快要脱离开天空而坠了下来似的，而那天空就越显得高了，高得再没有那么高的。

昨天我到朋友们的地方走了一遭，听来了好多的心愿——那许多心愿综合起来，又都是一个心愿——这回若真的打回满洲去，有的说，煮一锅高粱米粥喝；有的说，咱家那花生多么大！说着就用手比量着，这么大，碗大；珍珠米，老的一煮就开了花的，一尺来长的；还有的说，高粱米粥、咸盐豆。还有的说，若真的打回满洲去，三天二夜不吃饭，打着大旗往家跑。跑到家去自然也免不了先吃高粱米粥或咸盐豆。

比方高粱米那东西，平常我就不愿吃，很硬，有点儿发涩（也许因为我有胃病的关系），可是经他们这一说，也觉得非吃不可了。

但是什么时候吃呢？那我就不知道了。何况我到底是不怎样热烈的，所以关于这一方面，我终究不怎样亲切。

但我想我们那门前的蒿草，我想我们那后园里开着的茄子的紫色的小花，黄瓜爬上了架。而那清早，朝阳带着露珠一齐来了！

我一说到蒿草或黄瓜，三郎就向我摆手或摇头：“不，我们家，门前是两棵柳树，树荫交织着做成个门形。再前面是菜园，过了菜园就是门。那金字塔形的山峰正向着我们家的门口，而两边像蝙蝠的翅膀似的向着村子的东方和西方伸展开去。而后园黄瓜、茄子也种着，最好看的是牵牛花在石头桥的缝际爬遍了，早晨带着露水牵牛花开了……”

“我们家就不这样，没有高山，也没有柳树……只有……”我常常这样打断他。

有时候，他也不等我说完，他就接下去。我们讲的故事，彼此都好象是讲给自己听，而不是为着对方。

只有那么一天，买来了一张《东北富源图》挂在墙上了，染着黄色的平原上站着小鸟、小羊，还有骆驼，还有牵着骆驼的小人；海上就是些小鱼、大鱼，黄色的鱼，红色的好像小瓶似的大肚的鱼，还有黑色的大鲸鱼；而兴安岭和辽宁一带画着许多和海涛似的绿色的山脉。

他的家就在离着渤海不远的山脉中，他的指甲在山脉上爬着：“这是大凌河……这是小凌河……哼……没有，这个地图是个不完全的，是个略图……”

“好哇！天天说凌河，哪有凌河呢！”我不知为什么一提到家乡，常常愿意给他扫兴一点儿。

“你不相信！我给你看。”他去翻他的书橱去了，“这不是吗，大凌河……小凌河……小孩的时候在凌河沿上捉小鱼，拿到山上去，在石头上用火烤着吃……这边就是沈家台，离我们家二里路……”因为是把地图摊在地板上看的缘故，一面说着，他一面用手扫着他已经垂在前额的发梢。

《东北富源图》就挂在床头，所以第二天早晨，我一张开了眼睛，他就抓住了我的手：

“我想将来我回家的时候，先买两匹驴，一匹你骑着，一匹我骑着……先到我姑姑家，再到我姐姐家……顺便也许看看我的舅舅去……我姐姐很爱我……她出嫁以后，每回来一次，临走的时候就哭一次，姐姐一哭，我也哭……这有七八年不见了！也都老了。”

那地图上的小鱼，红的，黑的，都能够看清，我一边看着，一边听着，这一次我没有打断他，或给他扫一点儿兴。

“买黑色的驴，挂着铃子，走起来……当啷啷啷啷啷啷……”他形容着铃音的时候，就像他的嘴里边含着铃子似的在响。

“我带你到沈家台去赶集。那赶集的日子，热闹！驴身上挂着烧酒瓶……我们那边，羊肉非常便宜……羊肉炖片粉……真有味道！哎呀！这有多少年没吃那羊肉啦！”他的眉毛和额头上起着很多皱纹。

我在大镜子里边看了他，他的手从我的手上抽回去，放在他自己的胸上，而后又背着放在枕头下面去，但很快地又抽出来。只理一理他自己的发梢又放在枕头上去。

而我，我想：

“你们家对于外来的所谓‘媳妇’也一样吗？”我想着这样说了。

这失眠大概也许不是因为这个。但买驴子的买驴子，吃咸盐豆的吃咸盐豆，而我呢？坐在驴子上，所去的仍是生疏的地方，我停着的仍然是别人的家乡。

家乡这个观念，在我本不甚切的，但当别人说起来的时候，我也就心慌了！虽然那块土地在没有成为日本的之前，“家”在我就等于没有了。

这失眠一直继续到黎明之前，在高射炮的声中，我也听到了一声声和家乡一样的震抖在原野上的鸡鸣。

回忆鲁迅先生（节选）

萧　红

鲁迅先生的笑声是明朗的，是从心里的欢喜。若有人说了什么可笑的话，鲁迅先生笑得连烟卷都拿不住了，常常是笑得咳嗽起来。

鲁迅先生走路很轻捷，尤其使人记得清楚的，是他刚抓起帽子来往头上一扣，同时左腿就伸出去了，仿佛不顾一切地走去。

鲁迅先生不大注意人的衣裳，他说："谁穿什么衣裳我看不见的……"

鲁迅先生生病，刚好了一点儿，窗子开着，他坐在躺椅上，抽着烟，那天我穿着新奇的火红的上衣，很宽的袖子。

鲁迅先生说："这天气闷热起来，这就是梅雨天。"他把他装在象牙烟嘴上的香烟，又用手装得紧一点儿，往下又说了别的。

许先生忙着家务，跑来跑去，也没有对我的衣裳加以鉴赏。

于是我说："周先生，我的衣裳漂亮不漂亮？"

鲁迅先生从上往下看了一眼："不大漂亮。"

过了一会儿又接着说："你的裙子配的颜色不对，并不是红上衣不好看，各种颜色都是好看的，红上衣要配红裙子，不然就是黑裙子，咖啡色的就不行了；这两种颜色放在一起很混浊……你没看到外国人在街上走的吗？绝没有下边穿一件绿裙子，上边穿一件紫上衣，也没有穿一件红裙子而后穿一件白上衣的……"

鲁迅先生就在躺椅上看着我："你这裙子是咖啡色的，还带格子，颜色混浊得很，所以把红衣裳也弄得不漂亮了。”

“……人瘦不要穿黑衣裳，人胖不要穿白衣裳；脚长的女人一定要穿黑鞋子，脚短就一定要穿白鞋子；方格子的衣裳胖人不能穿，但比横格子的还好；横格子的，胖人穿上，就把胖子更往两边裂着，更横宽了，胖子要穿竖条子的，竖的把人显得长，横的把人显得宽……”

那天鲁迅先生很有兴致，把我一双短统靴子也略略批评一下，说我的短靴是军人穿的，因为靴子的前后都有一条线织的拉手，这拉手据鲁迅先生说是放在裤子下边的……

我说：“周先生，为什么那靴子我穿了多久了而不告诉我，怎么现在才想起来呢？现在不是不穿了吗？我穿的这不是另外的鞋吗？”

“你不穿我才说的，你穿的时候，一说你该不穿了。”

那天下午要赴一个筵会去，我要许先生给我找一点布条或绸条束一束头发。许先生拿了来米色的绿色的还有桃红色的。经我和许先生共同选定的是米色的。为着取笑，把那桃红色的，许先生举起来放在我的头发上，并且许先生很开心地说着：

“好看吧！多漂亮！”

我也非常得意，很规矩又顽皮地在等着鲁迅先生往这边看我们。

鲁迅先生这一看，他就生气了，他的眼皮往下一放向我们这边看着：

“不要那样装饰她……”

许先生有点儿窘了。

我也安静下来。

鲁迅先生在北平教书时，从不发脾气，但常常好用这种眼光看人，许先生常跟我讲，她在女师大读书时，周先生在课堂上，一生气就用眼睛往下一掠，看着她们，这种眼光鲁迅先生在记范爱农先生的文字里曾自己述说过，而谁曾接触过这种眼光的人就会感到一个旷代的全智者的催逼。

我开始问："周先生怎么也晓得女人穿衣裳的这些事情呢？"

"看过书的，关于美学的。"

"什么时候看的……"

"大概是在日本读书的时候……"

"买的书吗？"

"不一定是买的，也许是从什么地方抓到就看的……"

"看了有趣味吗？"

"随便看看……"

"周先生看这书做什么？"

"……"没有回答，好像很难以回答。

许先生在旁说："周先生什么书都看的。"

在鲁迅先生家里做客人，刚开始是从法租界来到虹口，搭电车也要差不多一个钟头的工夫，所以那时候来的次数比较少。还记得有一次谈到半夜了，一过十二点电车就没有的，但那天不知讲了些什么，讲到一个段落就看看旁边小长桌上的圆钟，十一点半了，十一点四十五分了，电车没有了。

"反正已十二点，电车已没有，那么再坐一会儿。"许先生如此劝着。

鲁迅先生好像听了所讲的什么引起了幻想，安顿地举着象牙烟嘴在沉思着。

一点钟以后，送我（还有别的朋友）出来的是许先生，外边下着蒙蒙的小雨，弄堂里灯光全然灭掉了，鲁迅先生嘱咐许先生一定让坐小汽车回去，并且一定嘱咐许先生付钱。

以后也住到北四川路来，就每夜饭后必到大陆新村来了，刮风的天，下雨的天，几乎没有间断的时候。

鲁迅先生很喜欢北方饭。还喜欢吃油炸的东西，喜欢吃硬的东西，就是后来生病的时候，也不大吃牛奶。鸡汤端到旁边用调羹舀了一二下就算了事。

有一天约好我去包饺子吃，那还是住在法租界，所以带了外国酸菜和用绞肉机绞成的牛肉。就和许先生站在客厅后边的方桌边包起来，海婴公子围着闹得起劲，一会儿把按成圆饼的面拿去了，他说做了一只船来，送在我们的眼前，我们不看它，转身他又做了一只小鸡，许先生和我都不去看它，对他竭力避免加以赞美，若一赞美起来，怕他更做得起劲。

客厅后没到黄昏就先黑了，背上感到些微的寒凉，知道衣裳不够了，但为着忙，没有加衣裳去。等把饺子包完了看看那数目并不多，这才知道许先生我们谈话谈得太多，误了工作。许先生怎样离开家的，怎样到天津读书的，在女师大读书时怎样做了家庭教师，她去考家庭教师的那一段描写，非常有趣，只取一名，可是考了好几十名，她之能够当选算是难的了。指望对于学费有一点儿补足，冬天来了，北平又冷，那家离学校又远，每月除了车子钱之外，若伤风感冒还得自己拿出买阿司匹林的钱来，每月薪金十元要从西城跑到东城……

饺子煮好，一上楼梯，就听到楼上明朗的鲁迅先生的笑声冲下楼梯来，原来有几个朋友在楼上也正谈得热闹。那一天吃得是很好的。

以后我们又做过韭菜合子，又做过合叶饼，我一提议鲁迅先生必然赞成，而我做得又不好，可是鲁迅先生还是在饭桌上举着筷子问许先生："我再吃几个吗？"

因为鲁迅先生的胃不大好，每饭后必吃"脾自美"胃药丸一二粒。

有一天下午鲁迅先生正在校对着一本别人的著作，我一走进卧室去，从那圆转椅上鲁迅先生转过来了，向着我，还微微站起了一点儿。

"好久不见，好久不见。"一边说着一边向我点头。

刚刚我不是来过了吗？怎么会好久不见？就是上午我来的那次周先生忘记了，可是我也每天来呀……怎么都忘记了吗？

周先生转身坐在躺椅上才自己笑起来，他是在开着玩笑。

梅雨季，很少有晴天，一天的上午刚一放晴，我高兴极了，就到鲁迅先生家去了，跑到上楼还喘着，鲁迅先生说：“来啦！”我说：“来啦！”

我喘着连茶也喝不下。

鲁迅先生就问我：

“有什么事吗？”

我说：“天晴啦，太阳出来啦。”

许先生和鲁迅先生都笑着，一种对于冲破忧郁心境的崭然的会心的笑。

海婴一看到我非拉我到院子里和他一道玩不可，拉我的头发或拉我的衣裳。

为什么他不拉别人呢？据周先生说：“他看你梳着辫子，和他差不多，别人在他眼里都是大人，就看你小。”

许先生问着海婴：“你为什么喜欢她呢？不喜欢别人？”

“她有小辫子。”说着就来拉我的头发。

鲁迅先生家里生客人很少，几乎没有，尤其是住在他家里的人更没有。一个礼拜六的晚上，在二楼上鲁迅先生的卧室里摆好了晚饭，围着桌子坐满了人。每逢礼拜六晚上都是这样的，周建人先生带着全家来拜访的。在桌子边坐着一个很瘦的很高的穿着中国小背心的人，鲁迅先生介绍说：“这是一位同乡，是商人。”

初看似乎对的，穿着中国裤子，头发剃得很短。当吃饭时，他还让别人酒，也给我倒一盅，态度很活泼，不大像个商人；等吃完了饭，又谈到《伪自由书》及《二心集》。这个商人，开明得很，在中国不常见。没有见过的，就总不大放心。

下一次是在楼下客厅后的方桌上吃晚饭，那天很晴，一阵阵地刮着热风，虽然黄昏了，客厅后还不昏黑。鲁迅先生是新剪的头发，还能记得桌上有一碗黄花鱼，大概是顺着鲁迅先生的口味，是用油煎的。鲁迅先生前面摆着一碗酒，酒碗是扁扁的，好像用做吃饭的饭碗。那位商人先生也能喝酒，酒瓶手就站在他的旁边。他说蒙古人什么样，苗人什么样，从西藏经过时，那西藏女人见了男人追她，她就如何如何。

这商人可真怪，怎么专门走地方，而不做买卖？并且鲁迅先生的书他也全读过，一开口这个，一开口那个。并且海婴叫他×先生，我一听那×字就明白他是谁了。×先生常常回来得很迟，从鲁迅先生家里出来，在弄堂里遇到了几次。

有一天晚上×先生从三楼下来，手里提着小箱子，身上穿着长袍子，站在鲁迅先生的面前，他说他要搬了。他告了辞，许先生送他下楼去了。这时候周先生在地板上绕了两个圈子，问我说：

“你看他到底是商人吗？”

“是的。”我说。

鲁迅先生很有意思地在地板上走几步，而后向我说：“他是贩卖私货的商人，是贩卖精神上的……”

×先生走过二万五千里回来的。

青年人写信，写得太草率，鲁迅先生是深恶痛绝之的。

“字不一定要写得好，但必须得使人一看了就认识，青年人现在都太忙了……他自己赶快胡乱写完了事，别人看了三遍五遍看不明白，这费了多少工夫，他不管。反正这费的工夫不是他的。这存心是不太好的。”

但他还是展读着每封由不同角落里投来的青年的信，眼睛不济时，便戴起眼镜来看，常常看到夜里很深的时光。

珂勒惠支的画，鲁迅先生最佩服，同时也很佩服她的做人，珂勒惠支受希特勒的压迫，不准她做教授，不准她画画，鲁迅先生常讲到她。

史沫特莱，鲁迅先生也讲到，她是美国女子，帮助印度独立运动，现在又在援助中国。

鲁迅先生介绍给人去看的电影：《夏伯阳》、《复仇艳遇》……其余的如《人猿泰山》……或者非洲的怪兽这一类的影片，也常介绍给人的。鲁迅先生说："电影没有什么好看的，看看鸟兽之类倒可以增加些对于动物的知识。"

鲁迅先生不游公园，住在上海十年，兆丰公园没有进过，虹口公园这么近也没有进过。春天一到了，我常告诉周先生，我说公园里的土松软了，公园里的风多么柔和。周先生答应选个晴好的天气，选个礼拜日，海婴休假日，好一道去，坐一乘小汽车一直开到兆丰公园，也算是短途旅行，但这只是想着而未有做到，并且把公园给下了定义，鲁迅先生说："公园的样子我知道的……一进门分做两条路，一条通左边，一条通右边，沿着路种着点儿柳树什么的，树下摆着几张长椅子，再远一点儿有个水池子。"

我是去过兆丰公园，也去过虹口公园或是法国公园的，仿佛这个定义适用在任何国度的公园设计者。

鲁迅先生不戴手套，不围围巾，冬天穿着黑石蓝的棉布袍子，头上戴着灰色毡帽，脚穿黑帆布胶皮底鞋。

胶皮底鞋夏天特别热，冬天又凉又湿，鲁迅先生的身体不算好，大家都提议把这鞋子换掉。鲁迅先生不肯，他说胶皮底鞋子走路方便。

"周先生一天走多少路呢？也不就一转弯到××书店走一趟吗？"

鲁迅先生笑而不答。

"周先生不是很好伤风吗？不围巾子，风一吹不就伤风了吗？"

鲁迅先生这些个都不习惯，他说：

“从小就没戴过手套围巾，戴不惯。”

鲁迅先生一推开门从家里出来时，两只手露在外边，很宽的袖口冲着风就向前走，腋下挟着个黑绸子印花的包袱，里边包着书或者是信，到老靶子路书店去了。

那包袱每天出去必带出去，回来必带回来，出去时带着回给青年们的信，回来又从书店带来新的信和青年请鲁迅先生看的稿子。

鲁迅先生抱着印花包袱从外边回来，还提着一把伞，一进门客厅里早坐着客人，把伞挂在衣架上就陪客人谈起话来。谈了很久了，伞上的水滴顺着伞杆在地板上已经聚了一堆水。

鲁迅先生上楼去拿香烟，抱着印花包袱，而那把伞也没有忘记，顺手也带到楼上去。

鲁迅先生的记忆力非常之强，他的东西从不随便散置在任何地方。

鲁迅先生很喜欢北方口味。许先生想请一个北方厨子，鲁迅先生以为开销太大，请不得的，男佣人，至少要十五元钱的工钱。

所以买米买炭都是许先生下手，我问许先生为什么用两个女佣人都是年老的，都是六七十岁的？许先生说她们做惯了，海婴的保姆，海婴几个月时就在这里。

正说着那矮胖胖的保姆走下楼梯来了，和我们打了个迎面。

“先生，没吃茶吗？”她赶快拿了杯子去倒茶，那刚刚下楼时气喘的声音还在喉管里咕噜咕噜的，她确实年老了。

来了客人，许先生没有不下厨房的，菜食很丰富，鱼，肉……都是用大碗装着，起码四五碗，多则七八碗。可是平常就只三碗菜：一碗素炒碗豆苗，一碗笋炒咸菜，再一碗黄花鱼。

这菜简单到极点。

我读一本小书同时又读一本大书

沈从文

我能正确记忆到我小时的一切，大约在两岁左右。我从小到四岁左右，始终健全肥壮如一只小豚。四岁时母亲一面告给我认方字，外祖母一面便给我糖吃，到认完六百生字时，腹中生了蛔虫，弄得黄瘦异常，只得经常用草药蒸鸡肝当饭。那时节我就已跟随了两个姐姐，到一个女先生处上学。那人既是我的亲戚，我年龄又那么小，过那边去念书，坐在书桌边读书的时节较少，坐在她膝上玩的时间或者较多。

到六岁时，我的弟弟方两岁，两人同时出了疹子。时正六月，日夜总在吓人高热中受苦。又不能躺下睡觉，一躺下就咳嗽发喘。又不要人抱，抱时全身难受。我还记得我同我那弟弟两人当时皆用竹簟卷好，同春卷一样，竖立在屋中阴凉处。家中人当时业已为我们预备了两具小小棺木，搁在廊下。十分幸运，两人到后居然全好了。我的弟弟病后家中特别为他请了一个壮实高大的苗妇人照料，照料得法，他便壮大异常。我因此一病，却完全改了样子，从此不再与肥胖为缘，成了个小猴儿精了。

六岁时我已单独上了私塾。如一般风气，凡是老塾师在私塾中给予小孩子的虐待，我照样也得到了一份。但初上学时，我因为在家中业已认字不少，记忆力从小又似乎特别好，故比较其余小孩，可谓十分幸运。第二年后换了一个私塾，在这私塾中我跟从了几个较大的学生学会了顽劣孩子抵抗顽固塾师的方法，逃避那些书本枯燥文句去同一切自然相亲近。这一年的生活，形成了我一生性格与感情的基础。我间或逃学，且一再说谎，掩饰我逃学应受的处罚。我的爸爸因这件事十分愤怒，有一次竟说若再逃学说谎，便当砍去我一个手指。我仍然不为这一严厉警诫所恐吓，机会一来时总不把逃学的机会轻轻放过。当我学会了用自己眼睛看世界一切，到不同社会中去生活时，学校对于我便已毫无兴味可言了。

我爸爸平时本极爱我，我曾经有一时还做过我那一家的中心人物。稍稍害点儿病时，一家人便光着眼睛不睡眠，在床边服侍我，当我要谁抱时谁就伸出手来。家中那时经济情形还好，我在物质方面所享受到的，比起一般亲戚小孩似乎皆好得多。我的爸爸既一面只做将军的好梦，一面对于我却怀了更大的希望。他仿佛早就看出我不是个军人，不希望我做将军，却告给我祖父的许多勇敢光荣的故事，以及他庚子年间所得的一份经验。他因为欢喜京戏，只想我学戏，做谭鑫培。他以为我不拘做什么事，总之应比做个将军高些。第一个赞美我明慧的就是我的爸爸。可是当他发现了我成天从塾中逃出到太阳底下同一群小流氓游荡，任何方法都不能拘束这颗小小的心，且不能禁止我狡猾的说谎时，我的行为实在伤了这个军人的心。同时那小我四岁的弟弟，因为看护他的苗妇人照料十分得法，身体养育得强壮异常，年龄虽小，便显得气派宏大，凝静结实，且极自重自爱，故家中人对我感到失望时，对他便异常关切起来。这小孩子到后来也并不辜负家中人的期望，二十二岁时便做了步兵上校。至于我那个爸爸，却在蒙古、东北、西藏各处军队中混过，民国二十年时还只是一个上校，在本地土著军队里做军医（后改中医院长），把将军希望留在弟弟身上，在家乡从一种极轻微的疾病中便瞑目了。

我有了外面的自由，对于家中的爱护反觉处处受了牵制，因此家中人疏忽了我的生活时，反而似乎使我方便了好些。领导我逃出学塾，尽我到日光下去认识这大千世界微妙的光，稀奇的色，以及万汇百物的动静，这人是我一个张姓表哥。他开始带我到他家中橘柚园中去玩，到城外山上去玩，到各种野孩子堆里去玩，到水边去玩。他教我说谎，用一种谎话对付家中，又用另一种谎话对付学塾，引诱我跟他各处跑去。即或不逃学，学塾为了担心学童下河洗澡，每到中午散学时，照例必在每人左手心中用朱笔写一大字，我们还依然能够一手高举，把身体泡到河水中玩个半天，这方法也亏那表哥想得出来。我感情流动而不凝固，一派清波给予我的影响实在不小。我幼小时较美丽的生活，大部分都与水不能分离。我的学校可以说是在水边的。我认识美，学会思索，水对我有极大的关系。我最初与水接近，便是那荒唐表哥领带的。

现在说来，我在做孩子的时代，原本也不是个全不知自重的小孩子。我并不愚蠢。当时在一班表兄弟中和弟兄中，似乎只有我那个哥哥比我聪明，我却比其他一切孩子懂事。但自从那表哥教会我逃学后，我便成为毫不自重的人了。在各样教训各样方法管束下，我不欢喜读书的性情，从塾师方面，从家庭方面，从亲戚方面，莫不对于我感觉得无多希望。我的长处到那时只是种种的说谎。我非从学塾逃到外面空气下不可，逃学过后又得逃避处罚。我最先所学，同时拿来致用的，也就是根据各种经验来制作各种谎话。我的心总得为一种新鲜声音，新鲜颜色，新鲜气味而跳。我得认识本人生活以外的生活。我的智慧应当从直接生活上吸收消化，却不须从一本好书一句好话上学来。似乎就只这样一个原因，我在学塾中，逃学记录点数，在当时便比任何一人都高。

离开私塾转入新式小学时，我学的总是学校以外的。到我出外自食其力时，又不曾在职务上学好过什么。二十岁后我“不安于当前事务，却倾心于现世光色，对于一切成例与观念皆十分怀疑，却常常为人生远景而凝眸“，这分性格的形成，便应当溯源于小时在私塾中的逃学习惯。

自从逃学成习惯后，我除了想方设法逃学，什么也不再关心。

有时天气坏一点儿，不便出城上山里去玩，逃了学没有什么去处，我就一个人走到城外庙里去。本地大建筑在城外计三十来处，除了庙宇就是会馆和祠堂。空地广阔，因此均为小手工业工人所利用。那些庙里总常常有人在殿前廊下绞绳子，织竹簟，做香，我就看他们做事。有人下棋，我看下棋。有人打拳，我看打拳。甚至于相骂，我也看着，看他们如何骂来骂去，如何结果。因为自己既逃学，走到的地方必不能有熟人，所到的必是较远的庙里。到了那里，既无一个熟人，因此什么事皆只好用耳朵去听，眼睛去看，直到看无可看听无可听时，我便应当设计打量我怎么回家去的方法了。

来去学校我得拿一个书篮。内中有十多本破书，由《包句杂志》、《幼学琼林》到《论语》、《诗经》、《尚书》，通常得背诵，分量相当沉重。逃学时还把书篮挂到手肘上，这就未免太蠢了一点儿。凡这么办的可以说是不聪明的孩子。许多这种小孩子，因为逃学到各处去，人家一见就认得出，上年纪一点儿的人见到时就会说："逃学的，赶快跑回家挨打去，不要在这里玩。"若无书篮可不必受这种教训。因此我们就想出了一个方法，把书篮寄存到一个土地庙里去，那地方无一个人看管，但谁也用不着担心他的书篮。小孩子对于土地神全不缺少必需的敬畏，都信托这木偶，把书篮好好地藏到神座龛子里去，常常同时有五个或八个，到时却各人把各人的拿走，谁也不会乱动旁人的东西。我把书篮放到那地方去，次数是不能记忆了的，照我想来，搁的最多的必定是我。

逃学失败被家中学校任何一方面发觉时，两方面总得各挨一顿打。在学校得自己把板凳搬到孔夫子牌位前，伏在上面受笞。处罚过后还要对孔夫子牌位作一揖，表示忏悔。有时又常常罚跪至一根香时间。我一面被处罚跪在房中的一隅，一面便记着各种事情，想象恰如生了一对翅膀，凭经验飞到各样动人事物上去。按照天气寒暖，想到河中的鳜鱼被钓起离水以后拨刺的情形，想到天上飞满风筝的情形，想到空山中歌呼的黄鹂，想到树木上累累的果实。由于最容易神往到种种屋外东西上去，反而常把处罚的痛苦忘掉，处罚的时间忘掉，直到被唤起以后为止，我就从不曾在被处罚中感觉过小小冤屈。那不是冤屈。我应感谢那种处罚，使我无法同自然接近时，给我一个练习想象的机会。

家中对这件事自然照例不大明白情形，以为只是教师方面太宽的过失，因此又为我换一个教师。我当然不能在这些变动上有什么异议。这事对我说来，倒又得感谢我的家中，因为先前那个学校比较近些，虽常常绕道上学，终不是个办法，且因绕道过远，把时间耽误太久时，无可托词。现在的学校可真很远很远了，不必包绕偏街，我便应当经过许多有趣味的地方了。从我家中到那个新的学塾里去时，路上我可看到针铺门前永远必有一个老人戴了极大的眼镜，低下头来在那里磨针。又可看到一个伞铺，大门敞开，做伞时十几个学徒一起工作，尽人欣赏。又有皮靴店，大胖子皮匠，天热时总腆出有一个大而黑的肚皮（上面有一撮毛！）用夹板绱鞋。又有个剃头铺，任何时节总有人手托一个小小木盘，呆呆地在那里为剃头师傅刮脸。又可看到一家染坊，有强壮多力的苗人，踹在凹形石碾上面，站得高高的，手扶着墙上横木，偏左偏右地摇荡。又有三家苗人打豆腐的作坊，小腰白齿头包花帕的苗妇人，时时刻刻口上都轻声唱歌，一面引逗缚在身背后包单里的小苗人，一面用放光的红铜勺舀取豆浆。我还必须经过一个豆粉作坊，远远的就可听到骡子推磨隆隆的声音，屋顶棚架上晾满白粉条。我还得经过一些屠户肉案桌，可看到那些新鲜猪肉砍碎时尚在跳动不止。我还得经过一家扎冥器出租花轿的铺子，有白面无常鬼、蓝面阎罗王、鱼龙轿子、金童玉女。每天且可以从他那里看出有多少人接亲，有多少冥器，那些定做的作品又成就了多少，换了些什么式样。并且还常常停顿下来，看他们贴金，敷粉，涂色，一站许久。

我就欢喜看那些东西，一面看一面明白了许多事情。

每天上学时，我照例手肘上挂了那个竹书篮，里面放十多本破书。在家中虽不敢不穿鞋，可是一出了大门，即刻就把鞋脱下拿到手上，赤脚向学校走去。不管如何，时间照例是有多余的，因此我总得绕一节路玩玩。若从西城走去，在那边就可看到牢狱，大清早若干犯人从那方面戴了脚镣从牢中出来，派过衙门去挖土。若从杀人处走过，昨天杀的人还没有收尸，一定已被野狗把尸首啃碎或拖到小溪中去了，就走过去看看那个糜碎了的尸体，或拾起一块小小石头，在那个污秽的头颅上敲打一下，或用一木棍去戳戳，看看会动不动。若还有野狗在那里争夺，就预先拾了许多石头放在书篮里，随手一一向野狗抛掷，不再过去，只远远地看看，就走开了。

既然到了溪边，有时候溪中涨了小小的水，就把裤管高卷，书篮顶在头上，一只手扶着，一只手照料裤子，在沿了城根流去的溪水中走去，直到水深齐膝处为止。学校在北门，我出的是西门，又进南门，再绕城里大街一直走去。在南门河滩方面我还可以看一阵杀牛，机会好时恰好正看到那老实可怜畜生放倒的情形。因为每天可以看一点点，杀牛的手续同牛内脏的位置不久也就被我完全弄清楚了。再过去一点就是边街，有织簟子的铺子，每天任何时节，皆有几个老人坐在门前小凳子上，用厚背的钢刀破篾，有两个小孩子蹲在地上织簟子。（我对于这一行手艺所明白的种种，现在说来似乎比写字还在行。）又有铁匠铺，制铁炉同风箱皆占据屋中，大门永远敞开着，时间即或再早一些，也可以看到一个小孩子两只手拉风箱横柄，把整个身子的分量前倾后倒，风箱于是就连续发出一种吼声，火炉上便放出一股臭烟同红光。待到把赤红的热铁拉出搁放到铁砧上时，这个小东西，赶忙舞动细柄铁锤，把铁锤从身背后扬起，在身面前落下，火花四溅地一下一下打着。有时打的是一把刀，有时打的是一件农具。有时看到的又是这个小学徒跨在一条大板凳上，用一把凿子在未淬水的刀上起去铁皮，有时又是把一条薄薄的钢片嵌进熟铁里去。日子一多，关于任何一件铁器的制造程序，我也不会弄错了。边街又有小饭铺，门前有个大竹筒，插满了用竹子削成的筷子。有干鱼同酸菜，用钵头装满放在门前柜台上，引诱主顾上门，意思好像是说，“吃我，随便吃我，好吃！“每次我总仔细看看，真所谓“过屠门而大嚼“，也过了瘾。

我最欢喜天上落雨，一落了小雨，若脚下穿的是布鞋，即或天气正当十冬腊月，我也可以用恐怕湿却鞋袜为辞，有理由即刻脱下鞋袜赤脚在街上走路。但最使人开心事，还是落过大雨以后，街上许多地方已被水所浸没，许多地方阴沟中涌出水来，在这些地方照例常常有人不能过身，我却赤着两脚故意向深水中走去。若河中涨了大水，照例上游会漂流得有木头、家具、南瓜同其他东西，就赶快到横跨大河的桥上去看热闹。桥上必已经有人用长绳系了自己的腰身，在桥头上呆着，注目水中，有所等待。看到有一段大木或一件值得下水的东西浮来时，就踊身一跃，骑到那树上，或傍近物边，把绳子缚定，自己便快快地向下游岸边泅去，另外几个在岸边的人把水中人援助上岸后，就把绳子拉着，或缠绕到大石上大树上去，于是第二次又有第二人来在桥头上等候。我欢喜看人在洄水里扳罾，巴掌大的活鲫鱼在网中蹦跳。一涨了水，照例也就可以看这种有趣味的事情。照家中规矩，一落雨就得穿上钉鞋，我可真不愿意穿那种笨重钉鞋。虽然在半夜时有人从街巷里过身，钉鞋声音实在好听，大白天对于钉鞋我依然毫无兴味。

若在四月落了点小雨，山地里田塍上各处全是蟋蟀声音，真使人心花怒放。在这些时节，我便觉得学校真没有意思，简直坐不住，总得想方设法逃学上山去捉蟋蟀。有时没有什么东西安置这小东西，就走到那里去，把第一只捉到手后又捉第二只，两只手各有一只后，就听第三只。本地蟋蟀原分春秋二季，春季的多在田间泥里草里，秋季的多在人家附近石罅里瓦砾中，如今既然这东西只在泥层里，故即或两只手心各有一匹小东西后，我总还可以想方设法把第三只从泥土中赶出，看看若比较手中的大些，即开释了手中所有，捕捉新的，如此轮流换去，一整天仅捉回两只小虫。城头上有白色炊烟，街巷里有摇铃铛卖煤油的声音，约当下午三点左右时，赶忙走到一个刻花板的老木匠那里去，很兴奋地同那木匠说：

“师傅师傅，今天可捉了大王来了！”

那木匠便故意装成无动于衷的神气，仍然坐在高凳上玩他的车盘，正眼也不看我地说：“不成，不成，要打打得赌点输赢！”

我说：“输了替你磨刀成不成？”

“嗨，够了，我不要你磨刀，你哪会磨刀？上次磨凿子还磨坏了我的家伙！”

这不是冤枉我，我上次的确磨坏了他一把凿子。不好意思再说磨刀了，我说：

“师傅，那这样办法，你借给我一个瓦盆子，让我自己来试试这两只谁能干些好不好？”我说这话时真怪和气，为的是他以逸待劳，若不允许我，还是无办法。

那木匠想了想，好像莫可奈何才让步的样子，“借盆子得把战败的一只给我，算作租钱。”

我满口答应：“那成那成。”

于是他方离开车盘，很慷慨地借给我一个泥罐子，顷刻之间我就只剩下一只蟋蟀了。这木匠看看我捉来的虫还不坏，必向我提议：“我们来比比。你赢了我借你这泥罐一天；你输了，你把这蟋蟀给我。办法公平不公平？“我正需要那么一个办法，连说“公平公平”，于是这木匠进去了一会儿，拿出一只蟋蟀来同我的斗，不消说，三五回合我的自然又败了。他的蟋蟀照例却常常是我前一天输给他的。那木匠看看我有点儿颓丧，明白我认识那匹小东西，担心我生气时一摔，一面赶忙收拾盆罐，一面带着鼓励我的神气笑笑地说：“老弟，老弟，明天再来，明天再来！你应当捉好的来，走远一点儿。明天来，明天来！

我什么话也不说，微笑着，出了木匠的大门，回家了。

这样一整天在为雨水泡软的田塍上乱跑，回家时常常全身是泥，家中当然一望而知，于是不必多说，沿老例跪一根香，罚关在空房子里，不许哭，不许吃饭。等一会儿我自然可以从姐姐方面得到充饥的东西。悄悄地把东西吃下以后，我也疲倦了，因此空房中即或再冷一点儿，老鼠来去很多，一会儿就睡着，再也不知道如何上床的事了。

即或在家中那么受折磨，到学校去时又免不了补挨一顿板子，我还是在想逃学时就逃学，决不为处罚所恐吓。

有时逃学又只是到山上去偷人家园地里的李子枇杷，主人拿着长长的竹竿子大骂着追来时，就飞奔而逃，逃到远处一面吃那个赃物，一面还唱山歌气那主人。总而言之，人虽小小的，两只脚跑得很快，什么茨棚里钻去也不在乎，要捉我可捉不到，就认为这种事比学校里游戏还有趣味。

可是只要我不逃学，在学校里我是不至于像其他那些人受处罚的。我从不用心念书，但我从不在应当背诵时节无法对付。许多书总是临时来读十遍八遍，背诵时节却居然琅琅上口，一字不遗，也似乎就由于这份小小聪明，学校把我同一般同学一样待遇，更使我轻视学校。家中不了解我为什么不想上进，不好好地利用自己聪明用功，我不了解家中为什么只要我读书，不让我玩。我自己总以为读书太容易了点儿，把认得的字记记那不算什么稀奇。最稀奇处，应当是另外那些人，在他那份习惯下所做的一切事情。为什么骡子推磨时得把眼睛遮上？为什么刀得烧红时在盐水里一淬方能坚硬？为什么雕佛像的会把木头雕成人形，所贴的金那么薄又用什么方法做成？为什么小铜匠会在一块铜板上钻那么一个圆眼，刻花时刻得整整齐齐？这些古怪事情实在太多了。

我生活中充满了疑问，都得我自己去找寻解答。我要知道的太多，所知道的又太少，有时便有点儿发愁。就为的是白日里太野，各处去看，各处去听，还各处去嗅闻，死蛇的气味，腐草的气味，屠户身上的气味，烧碗处土窑被雨以后放出的气味，要我说来虽当时无法用言语去形容，要我辨别却十分容易。蝙蝠的声音，一只黄牛当屠户把刀插进它喉中时叹息的声音，藏在田塍土穴中大黄喉蛇的鸣声，黑暗中鱼在水面拨剌的微声，全因到耳边时分量不同，我也记得那么清清楚楚。因此回到家里时，夜间我便做出无数稀奇古怪的梦。经常是梦向天上飞去，一直到金光闪烁中，终于大叫而醒。这些梦直到将近二十年后的如今，还常常使我在半夜里无法安眠，既把我带回到那个“过去“的空虚里去，也把我带往空幻的宇宙里去。

在我面前的世界已够宽广了，但我似乎就还得要一个更宽广的世界。我得用这方面得到的知识证明那方面的疑问。我得从比较中知道谁好谁坏。我得看许多业已由于好询问别人，以及好自己幻想所感觉到的世界上的新鲜事情新鲜东西。结果能逃学时我逃学，不能逃学我就只好做梦。

照地方风气说来，一个小孩子野一点儿的，照例也必须强悍一点儿，才能各处跑去。因为一出城外，随时都会有一样东西突然扑到你身边来，或是一只凶恶的狗，或是一个顽劣的人。无法抵抗这点儿袭击，就不容易各处自由放荡。一个野一点儿的孩子，即或身边不必时时刻刻带一把小刀，也总得带一削光的竹块，好好地插到裤带上；遇机会到时，就取出来当做武器。尤其是到一个离家较远的地方看木傀儡戏，不准备厮杀一场简直不成。你能干点儿，单身往各处去，有人挑战时，还只是一人近你身边来恶斗，若包围到你身边的顽童人数极多，你还可挑选同你精力不大相差的一人。你不妨指定其中一个说：

“要打吗？你来。我同你来。”

照规矩，到时也只那一个人拢来。被他打倒，你活该，只好伏在地上尽他压着痛打一顿。你打倒了他，他活该。把他揍够后，你可以自由走去，谁也不会追你，只不过说句“下次再来“罢了。

可是你根本上若就十分怯弱，即或结伴同行，到什么地方去时，也会有人特意挑出你来殴斗，应战你得吃亏，不答应你得被仇人与同伴两方奚落，顶不经济。

感谢我那爸爸给了我一分勇气，人虽小，到什么地方去我总不害怕。到被人围上必须打架时，我能挑出那些同我不差多少的人来，我的敏捷同机智，总常常占点儿上风。有时气运不佳，不小心被人摔倒，我还会有方法翻身过来压到别人身上去。在这件事上，我只吃过一次亏，不是一个小孩，却是一只恶狗，把我攻倒后，咬伤了我一只手。我走到任何地方去都不怕谁。同时因换了好些私塾，各处皆有些同学，大家既都逃过学，便有无数朋友，因此也不会同人打架了。可是自从被那只恶狗攻倒过一次以后，到如今，我却依然十分怕狗。

至于我那地方的大人，用单刀扁担在大街上决斗本不算回事。事情发生时，那些有小孩子在街上玩的母亲，只不过说："小杂种，站远一点儿，不要太近！"嘱咐小孩子稍稍站开点儿罢了。本地军人互相砍杀虽不出奇，但行刺暗算却不作兴。这类善于殴斗的人物，有军营中人，有哥老会中老幺，有好打不平的闲汉，在当地另成一帮，豁达大度，谦卑接物，为友报仇，爱义好施，且多非常孝顺。但这类人物为时代所陶冶，到民五以后也就渐渐消灭了。虽有些青年军官还保存那点儿风格，风格中最重要的一点洒脱处，却为了军纪一类影响，大不如前辈了。

我有三个堂叔叔、两个姑姑都住在城南乡下，离城四十里左右。那地方名黄罗寨，出强悍的人同猛鸷的兽。我爸爸三岁时，在那里差一点儿险被老虎咬去。我四岁左右，到那里第一天，就看见四个乡下人抬了一只死虎进城，给我留下极深刻的印象。

我还有一个表哥，住在城北十里地名长宁哨的乡下，从那里再过去十来里便是苗乡。表哥是一个紫色脸膛的人，一个守碉堡的战兵。我四岁时被他带到乡下去过了三天，二十年后还记得那个小小城堡黄昏来时鼓角的声音。

这战兵在苗乡有点儿威信，很能喊叫一些苗人。每次来城时，必为我带一只小斗鸡或一点儿别的东西。一来为我说苗人故事，临走时我总不让他走。我喜欢他，觉得他比乡下叔父能干有趣。

真正的英雄

[美] 里根

今天，我们聚集在一起，沉痛地哀悼我们失去的七位勇敢的公民，共同分担内心的悲痛，或许在相互间的安慰中，我们能够得到承受痛苦的力量并坚定追求理想的信念。

对家庭、朋友及我们的太空宇航员所爱着的人们来讲，国家的损失首先是他们个人的巨大损失。对那些失去亲人的父亲、母亲、丈夫和妻子们，对那些兄弟、姐妹，尤其是孩子们，在你们悲痛哀悼的日子里，所有的美国人都和你们紧紧地站在一起。

我们今天所说的远远不够表达我们内心的真实情感，言语在我们的不幸面前显得如此软弱无力：它们根本无法寄托我们对你们深深爱着的、同时也是我们所敬佩的英勇献身的人们的哀思。

英雄之所以称之为英雄，并不在于我们颂赞的语言，而在于他们始终以高度的事业心、自尊心和锲而不舍地对神奇而美妙的宇宙进行探索的责任感，去实践真正的生活以至献出生命。我们所能尽力做到的就是记住我们的七位宇航员——七位“挑战者”，记住他们活着的时候给熟悉他们的人们带来的生机、爱和欢乐，给祖国带来的骄傲。

他们来自这个伟大国家的四面八方——从南加利福尼亚州到华盛顿州，从俄亥俄到纽约州的莫霍克，从夏威夷到北卡罗来纳和纽约州的布法洛。他们彼此很不相同，但他们每个人的追求和肩负的使命却又是那样的一致。

我们记得迪克·司各比，我们从升空的“挑战者”号听到的最后一句话就来自这位机长之口。在参加太空计划之前，他曾是一名战斗机飞行员，后来成为一名高空飞行器的试验飞行员。对机长司各比来说，危险从来就是一位熟悉的伙伴。

我们记得迈克·史密斯，作为战斗机飞行员获得过的奖章戴满了胸前，其中包括海军特级飞行十字勋章和来自一个国家的敢斗银星十字勋章。

我们还记得被朋友们称为J.R.的朱蒂丝·莱恩尼科，她总是对人们微笑着，总是迫不及待地想对人民有所贡献。在工作之余，她喜欢在钢琴上弹奏几曲，从中获得美的享受。

我们也不会忘记孩提时总爱光着脚板在咖啡地和夏威夷的麦卡达美亚墓地跑来跑去的埃里森·奥尼佐卡，他早就梦想有一天去月球旅行。他告诉人们，多亏成为一名飞行员，他才能够建树他的生涯中那些令人难忘的业绩。

还有那个曾告诉人们是南加州的棉田锤炼了他坚毅性格的罗纳德·麦克耐尔。他梦想着到外层空间站去生活，在失重的太空中做试验：吹奏萨克管。啊，让(罗纳德的爱称)，我们将永远怀念你的萨克管，我们将要建成你所梦想的空间站。

我们记得格里高利·杰维斯，在那次致命的飞行中，他随身带着他的母校布法洛纽约州立大学的一面旗子。他说，这是一份小小的纪念品，纪念那些曾为他指点过未来的人们。

我们还记得凝聚了整个国家想象力的科里斯塔·麦考利芙，她用她的勇气和永不停息的探索精神激励我们。她是一位教师，不仅是她的学生们的教师，而且是全国人民的教师，她以这次太空飞行作为激励我们向未来冲击的教例，孜孜不倦地讲述给我们。

我们将永远记住他们，这些杰出的专家、科学家、冒险家，这些艺术家、教师和家庭中的男女成员们。我们将珍爱他们每个人的故事，这是诉说胜利和勇敢的故事，这是真正的美国英雄的故事。

就在灾难发生的那天，我们所有美国人都关切地守候在电视机前，彻夜不眠。在那个不幸的时刻，我们的兴奋变成了战栗。我们等待着，注视着，想弄清所发生的一切。那天夜里我收听了广播电台的采访节目。老老少少都在诉说自己的悲哀，都为我们的宇航员感到骄傲。阴霾笼罩着整个国家，我们走出家门，手拉着手，互相安慰。

你们所热爱的人们的牺牲轰动了整个国家。在痛苦中我们认识到了一个意义深远的道理：未来的道路并不平坦，整个人类前进的历史是与一切艰难险阻斗争的历史。我们又一次认识到，我们的美国是在英雄主义和崇高献身精神的基础上建立起来的，它是由像我们的七位宇航员那样的男人和女人，那些把全社会的责任作为自己责任的人，那些给予人民比人民期望和要求的更多的人，那些为人类做出贡献而从不企求些微报答的人建立起来的。

我们不禁回想起一个世纪前的开拓者们，那些带着家眷和财产去开发荒凉的美国西部的刚毅不屈的人们，他们常常面临着恶劣的条件，沿着俄勒冈小道，你们仍能看见那些倒下去的拓荒者的墓碑。但是悲痛只能使他们更加坚定开拓前进的决心。

今天的荒漠就是太空和人类知识没有达到的疆域。有时，我们会感到想达到外星球还力不从心。但我们必须重新振作起来，忍受着磨难，不断前进。我们的国家的确非常幸运，因为我们依然保持着巨大的勇气、令人信赖的声誉和刚毅不屈的品质，我们仍然有像“挑战者”号上七位宇航员那样的英雄。

迪克·司各比知道，每一次太空飞行器的发射都是一个技术上的奇迹。他说：“如果出现什么，它决不意味着太空计划的结束。”我所接触的每一位英雄的家庭成员，都特别请求我们一定要继续这项计划，这是他们失去的可爱的亲人所梦求实现的计划。我们决不会使他们失望。

今天，我们向迪克·司各比和他的伙伴们保证，他们的梦想决没有破灭，他们努力为之奋斗的理想一定会成为现实。为国家航空和宇宙航行局献身工作的人们，他们的大家庭中失去了七位成员，他们仍要继续工作去实现既安全可行又冒险、大胆的更有效的太空计划。人类将继续向太空进军，不断确立新的目标，不断取得新的成就。这正是我们纪念“挑战者”号上七位英雄的最好方式。

迪克、迈克、朱蒂丝、埃里森、罗纳德、格里高利和科里斯塔，你们的家庭及你们的国家哀悼你们的逝去。安息吧，我们永远忘不了你们。对熟悉和爱你们的人们来说，痛苦的打击是沉重的、持久的；对一个国家来说，她的七位儿女、七位好友的离去是难以弥补的损失。我们所能找到的唯一安慰是，我们在心里知道飞得那样高那样自豪的你们，现在在星际之外找到了上帝许诺以不朽生命的归宿。

愿上帝在这个艰难的时刻保佑大家并给你们安慰。

（张天伟　译）

谁是最可爱的人

魏 巍

在朝鲜的每一天，我都被一些东西感动着；我的思想感情的潮水，在放纵奔流着；我想把一切东西都告诉给我祖国的朋友们。但我最急于告诉你们的，是我思想感情的一段重要经历，这就是：我越来越深刻地感觉到谁是我们最可爱的人！

谁是我们最可爱的人呢？我们的战士，我感到他们是最可爱的人。

也许还有人心里隐隐约约地说：你说的就是那些“兵”吗？他们看来是很平凡、很简单的哩，既看不出他们有什么高深的知识，又看不出他们有什么丰富的感情。可是，我要说，这是由于他跟我们的战士接触太少，还没有了解我们的战士：他们的品质是那样的纯洁和高尚，他们的意志是那样的坚韧和刚强，他们的气质是那样的淳朴和谦逊，他们的胸怀是那样的美丽和宽广！

让我还是来说一段故事吧。

还是在二次战役的时候，有一支志愿军的部队向敌后猛插，去切断军隅里敌人的逃路。当他们赶到书堂站时，逃敌也恰恰赶到那里，眼看就要从汽车路上开过去。这支部队的先头边就匆匆占领了汽车路边一个很低的光光的小山冈，阻住敌人。一场壮烈的搏斗就开始了。敌人为了逃命，用了三十二架飞机、十多辆坦克发起集团冲锋，向这个连的阵地汹涌卷来，整个山顶的土都被打翻了，汽油弹的火焰把这个阵地烧红了。但是，勇士们在这烟与火的山冈上，高喊着口号，一次又一次把敌人打死在阵地前面。敌人的死尸像谷个子似的在山前堆满了，血也把这山冈流红了。可是敌人还是要拼死争夺，好使自己的主力不致覆灭。这场激战整整持续了八个小时。最后，勇士们的了弹打光了。蜂拥上来的敌人占领了山头，把他们压到山脚。飞机掷下的汽油弹把他们的身上烧着了火。这时候，勇士们是仍然不会后退的呀，他们把枪一摔，向敌人扑去，身上帽子上呼呼地冒着火苗，把敌人抱住，让身上的火，也把占领阵地的敌人烧死。……据这个营的营长告诉我，战后，这个连的阵地上，枪支完全摔碎了，机枪零件扔得满山都是。烈士们的遗体，保留着各种各样的姿势，有抱住敌人腰的，有抱住敌人头的，有掐住敌人脖子把敌人摁倒在地上的，和敌人倒在一起，烧在一起。有一个战士，他手里还紧握着一个手榴弹，弹体上沾满脑浆；和他死在一起的美国鬼子，脑浆迸裂，涂了一地。另一个战士，嘴里还衔着敌人的半块耳朵。在掩埋烈士遗体的时候，由于他们两手扣着，把敌人抱得那样紧，分都分不开，以致把有些人的手指都掰断了。……这个连虽然伤亡很大，他们却打死了三百多敌人，更重要的，他们使得我们部队的主力赶上来，聚歼了敌人。

这就是朝鲜战场上一次最壮烈的战斗——松骨峰战斗，或者叫书堂站战斗。假若需要立纪念碑的话，让我把带火扑敌和用刺刀跟敌人拼死在一起的烈士们的名字记下吧。他们的名字是：王金传、邢玉堂、王文英、熊官全、王金侯、赵锡杰、隋金山、李玉安、丁振岱、张贵生、崔玉亮、李树国。还有一个战士，已经不可能知道他的名字了。让我们的烈士们千载万世永垂不朽吧！

这个营的营长向我叙说了以上的情形，他的声调是缓慢的，他的感情是沉重的。他说在阵地上掩埋烈士的时候，他掉了眼泪。但是，他接着说："你不要以为我是为他们伤心，不，我是为他们骄傲！我觉得我们的战士太伟大了，太可爱了，我不能不被他们感动得掉下泪来。"

朋友，当你听到这段英雄事迹的时候，你的感想如何呢？你不觉得我们的战士是可爱的吗？你不以我们的祖国有着这样的英雄而自豪吗？

我们的战士，对敌人这样狠，而对朝鲜人民却是那样地爱，充满国际主义的深厚热情。

在汉江北岸，我遇到一个青年战士，他今年才二十一岁，名叫马玉祥，是黑龙江青冈县人。他长着一副微黑透红的脸膛，高高的个儿，站在那儿，像秋天田野里一株红高粱那样淳朴可爱。不过因为他才从阵地上下来，显得稍微疲劳些，眼里的红丝还没有退净。他原来是炮兵连的。有一天夜里，他被一阵哭声惊醒了，出去一看，是一个朝鲜老妈妈坐在山冈上哭。原来她的房子被炸毁了，她在山里搭了个窝棚，窝棚又被炸毁了。回来，他马上到连部要求调到步兵连去，正好步兵连也需要人，就批准了他。我说："在炮兵连不是一样打敌人吗？""那，不同！"他说，"离敌人越近，越觉着打得过瘾，越觉着打得解恨！"

在汉江南岸阻击敌人的日子里，有一天他从阵地上下来做饭。刚一进村，有几架敌机袭过来，打了一阵机关炮，接着就扔下了两个大燃烧弹。有几间房子着了火，火又盛，烟又大，使人不敢到跟前去。这时候，他听见烟火里有一个小孩子哇哇哭叫的声音。他马上穿过浓烟到近处一看，一个朝鲜的中年男人在院子里倒着，小孩子的哭声还在屋里。他走到屋门口，屋门口的火苗呼呼的，已经进不去人，门窗的纸已经烧着。小孩子的哭声随着那滚滚的浓烟传出来，听得真真切切。当他叙述到这里的时候，他说："我能够不进去吗？我不能！我想，要在祖国遇见这种情形，我能够进去，那么，在朝鲜我就可以不进去吗？朝鲜人民和我们祖国的人民不是一样的吗？我就踹开门，扑了进去。呀！满屋子灰洞洞的烟，只能听见小孩哭，看不见人。我的眼也睁不开，脸烫得像刀割一般。我也不知道自己的身上着了火没有，我也不管它了，只是在地上乱摸。先摸着一个大人，拉了拉没拉动；又向大人的身后摸，才摸着小孩的腿，我就一把抓着抱起来，跳出门去。我一看小孩子，是挺好的一个小孩儿啊。他穿着小短褂儿，光着两条小腿儿，小腿儿乱蹬着，哇哇地哭。我心想：'不管你哭不哭，不救活你家大人，谁养活你哩！'这时候，火更大了，屋子里的家具什物也烧着了。我就把他往地上一放，就又从那火门里钻了进去，一拉那个大人，她哼了一声，我就使劲往外拉，见她又不动了。凑近一看，见她脸上流下来的血已经把她胸前的白衣染红了，眼睛已经闭上。我知道她不行了，才赶忙跳出门外，扑灭身上的火苗，抱起这个无父无母的孩子。……"

朋友，当你听到这段事迹的时候，你的感觉又是如何呢？你不觉得我们的战士是最可爱的人吗？

谁都知道，朝鲜战场是艰苦些。但战士们是怎样想的呢？有一次，我见到一个战士，在防空洞里，吃一口炒面，就一口雪。我问他："你不觉得苦吗？"他把正送往嘴里的一勺雪收回来，笑了笑，说："怎么能不觉得？我们革命军队又不是个怪物。不过我们的光荣也就在这里。"他把小勺儿干脆放下，兴奋地说，"就拿吃雪来说吧。我在这里吃雪，正是为了我们祖国的人民不吃雪。他们可以坐在挺豁亮的屋子里，泡上一壶茶，守住个小火炉子，想吃点儿什么就做点儿什么。"他又指了指狭小潮湿的防空洞说，"再比如蹲防空洞吧，多憋闷得慌哩，眼看着外面好好的太阳不能晒，光光的马路不能走。可是我在这里蹲防空洞，祖国的人民就可以不蹲防空洞啊，他们就可以在马路上不慌不忙地走啊。他们想骑车子也行，想走路也行，边溜达边说话也行。只要能使人民得到幸福，就是我们最大的幸福。所以，"他又把雪放到嘴里，像总结似的说，"我在这里流点儿血不算什么，吃这点儿苦又算什么哩！"我又问："你想不想祖国啊？"他笑起来："谁不想哩，说不想，那是假话，可是我不愿意回去。如果回去，祖国的老百姓问，'我们托付给你们的任务完成得怎么样啦？'我怎么答对呢？我说'朝鲜半边红，半边黑'，这算什么话呢？”我接着问：“你们经历了这么多危险，吃了这么多苦，你们对祖国对朝鲜有什么要求吗？”他想了一下，才回答我：“我们什么也不要。可是说心里话，——我这话可不一定恰当啊，我们是想要这么大的一个东西……”他笑着，用手指比个铜子儿大小，怕我不明白，“一块‘朝鲜解放纪念章’，我们愿意戴在胸脯上，回到咱们的祖国去。”

朋友们，用不着多举例，你们已经可以了解我们的战士是怎样一种人，这种人有一种什么品质，他们的灵魂多么地美丽和宽广。他们是历史上、世界上第一流的战士，第一流的人！他们是世界上一切伟大人民的优秀之花！是我们值得骄傲的祖国之花，我们以我们的祖国有这样的英雄而骄傲的祖国之花，我们以生在这个英雄的国度而自豪！

亲爱的朋友们，当你坐上早晨第一列电车驰向工厂的时候，当你扛上犁耙走向田野的时候，当你喝完一杯豆浆、提着书包走向学校的时候，当你坐到办公桌前开始这一天工作的时候，当你往孩子口里塞苹果的时候，当你和爱人一起散步的时候……朋友，你是否意识到你是在幸福之中呢？你也许很惊讶地说：“这是很平常的呀！”可是，从朝鲜归来的人，会知道你正生活在幸福中。请你意识到这是一种幸福吧，因为只有你意识到这一点，你才能更深刻了解我们的战士在朝鲜奋不顾身的原因。朋友！你是这么爱我们的祖国，爱我们的伟大领袖毛主席，你一定会深深地爱我们的战士，——他们确实是我们最可爱的人！

哭小弟

宗　璞

我面前摆着一张名片，是小弟前年出国考察时用的。名片依旧，小弟却再也不能用它了。

小弟去了。小弟去的地方是千古哲人揣摩不透的地方，是各种宗教企图描绘的地方，也是每个人都会去，而且不能回来的地方。但是现在怎么能轮得到小弟！他刚五十岁，正是精力充沛，积累了丰富的学识经验，大有作为的时候，有多少事等他去做啊！医院发现他的肿瘤已相当大，需要立即做手术，他还想去参加一个技术讨论会，问能不能开完会再来。他在手术后休养期间，仍在看研究所里的科研论文，还做些小翻译。直到卧床不起，他手边还留着几份国际航空材料，总是"想再看看"。他也并不全想的是工作。已是滴水不进时，他忽然说想吃虾，要对虾。他想活，他想活下去呵！

可是他去了，过早地去了。这一年多，从他生病到逝世，真像是个梦，是个永远不能令人相信的梦。我总觉得他还会回来，从我们那冬夏一律显得十分荒凉的后院走到我窗下，叫一声"小姊——"。

可是他去了，过早地永远地去了。

我长小弟三岁。从我有比较完整的记忆起，生活里便有我的弟弟，一个胖胖的、可爱的小弟弟，跟在我身后。他虽然小，可是在玩耍时，他常常当老师，照顾着小朋友，让大家坐好，他站着上课，那神色真是庄严。他虽然小，在昆明的冬天里，孩子们都生冻疮，都怕用冷水洗脸，他却一点儿不怕。他站在山泉边，捧着一个大盆的样子，至今还十分清晰地在我眼前。

“小姊，你看，我先洗！”他高兴地叫道。

在泉水缓缓地流淌中，我们从小学、中学而大学，大部时间都在一个学校。毕业后就各奔前程了。不知不觉间，听到人家称小弟为强度专家；不知不觉间，他担任了总工程师的职务。在那动荡不安的年月里，很难想象一个人的将来。这几年，父亲和我倒是常谈到，只要环境许可，小弟是会为国家做出点儿实际的事的。却不料，本是最年幼的他，竟先我们而离去了。

去年夏天，得知他患病后，因为无法得到更好的治疗，我于八月二十日到西安。记得有一辆坐满了人的车来接我。我当时奇怪何以如此兴师动众，原来他们都是去看小弟的。到医院后，有人进病房握手，有人只在房门口默默地站一站，他们怕打扰病人，但他们一定得来看一眼。

手术时，有航空科学研究院、623所、631所的代表，弟妹、侄女和我在手术室外；还有一辆轿车在医院门口。车里有许多人等着，他们一定要等着，准备随时献血。小弟如果需要把全身的血都换过，他的同志们也会给他。但是一切都没有用。肿瘤取出来了，有一个半成人的拳头大，一面已经坏死。我忽然觉得一阵胸闷，几乎透不过气来——这是在穷乡僻壤为祖国贡献着才华、血汗和生命的人啊，怎么能让这致命的东西在他身体里长到这样大！

我知道在这黄土高原上生活的艰苦，也知道住在这黄土高原上的人工作之劳累，还可以想象每一点工作的进展都要经过十分恼人的迂回曲折。但我没有想到，小弟不但生活在这里，战斗在这里，而且把性命交付在这里了。他手术后回京在家休养，不到半年，就复发了。

那一段焦急的悲痛的日子，我不忍写，也不能写。每一念及，便泪下如绠，纸上一片模糊。记得每次看病，候诊室里都像公共汽车上一样拥挤，等啊等啊，盼啊盼啊，我们知道病情不可逆转，只希望能延长时间，也许会有新的办法。航空界从莫文祥同志起，还有空军领导同志都极关心他，各个方面包括医务界的朋友们也曾热情相助，我还往海外求医。然而错过了治疗时机，药物再难奏效。曾有个别的医生不耐烦地当面对小弟说，治不好了，要他“回陕西去”。小弟说起这话时仍然面带笑容，毫不介意。他始终没有失去信心，他始终没有丧失生的愿望，他还没有累够。

小弟生于北京，一九五二年从清华大学航空系毕业。他填志愿到西南，后来分配在东北，以后又调到成都、调到陕西。虽然他的血没有流在祖国的土地上，但他的汗水洒遍全国，他的精力的一点一滴都献给祖国的航空事业了。个人的功绩总是有限的，也许燃尽了自己，也不能给人一点儿光亮，可总是为以后的绚烂的光辉做了一点儿积累吧。我不大明白各种工业的复杂性，但我明白，任何事业也不是只坐在北京就能够建树的。

我曾经非常希望小弟调回北京，分我侍奉老父的重担。他是儿子，三十年在外奔波，他不该尽些家庭的责任吗？多年来，家里有什么事，大家都会这样说：“等小弟回来。”“问小弟。”有时只要想到有他可问，也就安心了。现在还怎能得到这样的心安？风烛残年的父亲想儿子，尤其这几年母亲去世后，他的思念是深的，苦的，我知道，虽然他不说，现在他永远失去他的最宝贝的小儿子了。我还曾希望在我自己走到人生的尽头，跨过那一道痛苦的门槛时，身旁的亲人中能有我的弟弟，他素来的可倚可靠会给我安慰。哪里知道，却是他先迈过了那道门槛啊！

一九八二年十月二十八日上午七时，他去了。

这一天本在意料之中，可是我怎能相信这是事实呢！他躺在那里，但他已经不是他了，已经不是我那正当盛年的弟弟，他再不会回答我们的呼唤，再不会劝阻我们的哭泣。你到哪里去了，小弟！自一九七四年沅君姑母逝世起，我家屡遭丧事，而这一次小弟的远去最是违反常规，令人难以接受！我还不得不把这消息告诉当时也在住院的老父，因为我无法回答他每天的第一句问话：“今天小弟怎么样？”我必须告诉他，这是我的责任。再没有弟弟可以依靠了，再不能指望他来分担我的责任了。

父亲为他写挽联：“是好党员，是好干部，壮志未酬，洒泪岂只为家痛；能娴科技，能娴艺文，全才罕遇，招魂也难再归来！”我那唯一的弟弟，永远地离去了。

……

我的爸爸

[保加利亚] 约尔丹·拉迪奇科夫

没有人比爸爸更有力气了。他只要挥动几下斧子就能砍倒树林里的树木；只要在我的手上吹一下就能使我暖和起来；只要对那些牛吆喝一声，它们便摇着尾巴站起来。

他什么都行。我站在他的身影里，幻想有一天我能变得像他一样有力气，像他一样英勇无畏、战无不胜。

我看着爸爸用斧头砍树，那些树伴随着咔嚓咔嚓的声响倒在雪地上，在山谷里回荡着伐树的咔嚓声。我全身颤抖，感到整个森林都在爸爸的斧子下呻吟、震撼。他把砍下的树毫不费力地装在雪橇上，用绳子把它们紧紧地捆在一起，像捆麦秸一样，然后套上两头牛——像祖母讲的神话中嘴里喷火的龙一样。但是雪橇的滑板冻住了，它们拉不动。于是，爸爸使劲用肩一推，冻住的雪橇发出震耳的响声，牛轻快地拉着雪橇向前走去。

我坐在雪橇上面，身上裹着爸爸的旧皮袄，看着他手里牵着牛的缰绳艰难地朝前走着。那两头大黑牛像两只小狗一样驯顺地跟在他身后。我真不明白爸爸哪儿来的这么大劲，他能够摆布周围的一切。

太阳不慌不忙、稳稳当当地在天空中滚动。爸爸点上一支烟，牵着牛，不慌不忙、稳稳当当地在雪地上走着。突然，他的脚滑了一下，跌倒在雪地上，像我在冰场上摔跤一样。见到这场面，我感到难为情，臊得我都想哭了，因为我亲眼看见爸爸摔倒了，在那一瞬间，他是那么的无可奈何。

至今我仍不愿意相信这是真的，虽然我还清清楚楚地记得当时的情景：他从雪上爬起来，用帽子扑打着粘在身上的雪，气恼而尴尬地朝我笑笑。我同样也感到尴尬和气恼，因为摔倒的不是别人，而是我的爸爸。对于我，他简直就是一切。

生命 生命

杏林子

灯下写稿，一只飞蛾不停地在我头顶上方飞来旋去，骚扰着我。趁它停在眼前小憩时，我一伸手捉住了它，我原想弄死它，但它鼓动双翅，极力挣扎，我感到一股生命的力量在我手中跃动，那样强烈！那样鲜明！这样一只小小的飞蛾，只要我的手指稍一用力，它就不能再动了，可是那双翅膀在我手中挣扎，那种生之欲望令我震惊，使我忍不住放了它！

我常常想，生命是什么呢？墙角的砖缝中掉进一粒香瓜子，隔了几天，竟然冒出了一截小瓜苗。那小小的种子里，包含了一种怎样的力量，竟使它可以冲破坚硬的外壳，在没有阳光、没有泥土的砖缝中，不屈地向上，茁壮生长，昂然挺立。它仅仅活了几天，但是，那一股足以擎天撼地的生命力，令我肃然起敬！

许多年前，有一次，我借来医生的听诊器，静听自己的心跳，那一声声沉稳而有规律的跳动，给我极大的震撼，这就是我的生命，单单属于我的。我可以好好地使用它，也可以白白糟蹋它；我可以使它度过一个有意义的人生，也可以任它荒废，庸碌一生。一切全在我一念之间，我必须对自己负责。

虽然肉体的生命短暂，生老病死也往往令人无法捉摸，但是，让有限的生命发挥出无限的价值，使我们活得更为光彩有力，却在于我们自己掌握。

从那一刻起，我应许自己，绝不辜负生命，绝不让它从我手中白白流失。不论未来的命运如何，遇福遇祸，或喜或忧，我都愿意为它奋斗，勇敢地活下去。

一生的战役

三　毛

妹妹：

这是近年来，你写出的最好的一篇文章，写出了生命的真正意义，不说教，但不知不觉中说了一个大教。谦卑中显出了无比的意义。我读后深为感动，深为有这样一枝小草而骄傲。不是为我自己，而是为整个宇宙的生命，感觉有了曙光和朝阳。草，虽烧不尽，但仍应呵护，不要践踏。

父留　　一九八三·四·八

爸爸：

今天是一九八三年四月八日，星期五。

是早晨十一点才起床的。不是星期天，你不在家，对于晚起这件事情，我也比较放心，起码你看不见，我就安心。

凌晨由阳明山回来的时候，妈妈和你已经睡了。

虽然住在台湾，虽然也是父女，可是我不是住在宿舍里，就是深夜才回家。你也晓得，我不只是在玩，是又在玩又在工作。白天杂务和上课，深夜批改作文写稿和看书。我起床时，你往往已去办公室，你回家来，我又不见了。

今天早晨，看见你的留条和《联合报》整整齐齐地夹在一起，放在我睡房的门口。

我拿起来，自己的文章《朝阳为谁升起》在报上刊出来了。

你的信，是看完了这篇文字留给我的。

同住一幢公寓，父女之间的谈话，却要靠留条子来转达，心里自然难过。

翻了一下记事簿，上面必须去做的事情排得满满的。今天，又不能在你下班的时候，替你开门，喊一声爸爸，然后接过你的公事包，替你拿出拖鞋，再泡一杯龙井茶给你。

所能为一个父亲做的事情，好似只有这一些，而我，都没能做到。

你留的信，很快的读了一遍，再慢读了一遍，眼泪夺眶而出。

爸爸，那一刹那，心里只有一个马上就死掉的念头，只因为，在这封信里，是你，你对我说——爸爸深以为有这样一枝小草而骄傲。

这一生，你写了无数的信给我，一如慈爱的妈妈，可是这一封今天的……

等你这一句话，等了一生一世，只等你——我的父亲，亲口说出来，肯定了我在这个家庭里一辈子消除不掉的自卑和心虚。

不能在情绪上有什么惊天动地的反应，只怕妈妈进来看见，我将整个的脸浸在冷水里，浸到湿眼睛和自来水分不清了，才开始刷牙。

妈妈，她是伟大的，这个二十岁就成婚的妇人，为了我们，付出了自己的青春和生命，成为丈夫儿女的俘虏。她不要求任何事情，包括我的缺点、任性、失败和光荣，她都接受。在她的心愿里，只要儿女健康、快乐、早睡、多吃、婚姻美满，就是一个母亲的满足了。

爸爸，你不同，除了上面的要求之外，你本身个性的极端正直、敏感、多愁、脆弱、不懂圆滑、不喜应酬，甚至不算健康的体质，都遗传了给我——当然也包括你语言和思想组织的禀赋。

我们父女之间是如此的相像，复杂的个性，造成了一生相近又不能相处的矛盾，而这种血亲关系，却是不能分割的。

这一生，自从小时候休学以来，我一直很怕你，怕你下班时看我一眼之后，那口必然的叹气。也因为当年是那么的怕，怕得听到你回家来的声音，我便老鼠似的窜到睡房去，再也不敢出来。那些年，吃饭是妈妈托盘搬进来给我单独吃的，因为我不敢面对你。

强迫我站在你面前背《古文观止》、唐诗宋词和英文小说是逃不掉的，也被你强迫弹钢琴，你再累，也坐在一旁打拍子，我怕你，一面弹《哈诺》一面滴滴的掉眼泪，最后又是一声叹气，父女不欢而散。

爸爸，你一生没有打过我，一次也没有，可是小时候，你的忍耐，就像一层洗也洗不掉的阴影，浸在我的皮肤里，天天告诉我：你这个教父亲伤心透顶的孩子，你是有罪的。

不听你的话，是我反抗人生最直接而又最容易的方式——它，就代表了你，只因你是我的源头，那个生命的源。

我知道，爸爸，你最爱我，也最恨我，我们之间一生的冲突，一次又一次深深地伤害到彼此，不懂得保护，更不肯各自有所退让。

你一向很注意我，从小到大，我逃不过你的那声叹气，逃不掉你不说、而我知道的失望，更永远逃不开你对我用念力的那种遥控，天涯海角，也逃不出。

小时候的我，看似刚烈，其实脆弱而且没有弹性，在你的天罗地网里，曾经拿毁灭自己，来争取孝而不肯顺的唯一解脱，只因我当时和你一样，凡事不肯开口，什么事都闷在心里。也因为那次的事件，看见妈妈和你，在我的面前崩溃得不成人形。这才惊觉，原来父母，在对儿女的情债泪债里，是永远不能翻身的。

妈妈，她是最堪怜的人，因为她夹在中间。

伤害你，你马上跌倒，因为伤你的，不是别人，是你的骨血，是那个丢也丢不掉、打也舍不得打的女儿。爸爸，你拿我无可奈何，我又何曾有好日子过？

我的读书、交友、留学，行事为人，在你的眼里看来，好似经过了半生，都没有真正合过你的心意和理想。

我当然不敢反问你，那么对于你自己的人生，你满意了吗？是不是，你的那份潜意识里自我的不能完成，要女儿来做替代，使你觉得无憾?

这也不只是对我，当初小弟毕业之后在你的事务所做事，同是学法律的父子，爸爸，以你数十年的法学经验来看弟弟，他，当然是不够的。

同样的情况，同样的儿女，几年之后的弟弟，不但没有跟你摩擦，反而被你训练成第一流的商票注册专材，做事一丝不苟，井井有条，责任心极重。他，是你意志力下一个和谐的成果，这也是你的严格造成的。

爸爸，这是冤枉了你。你是天下最慈爱而开明的父亲，你不但在经济上照顾了全家，在关注上也付尽了心血。而我，没有几次肯聆听你的建议，更不肯照你的意思去做。

我不只是你的女儿，我要做我自己。只因我始终是家庭里的一匹黑羊，混不进你们的白色中去。而你，你要求儿女的，其实不过是在社会上做一个正直的真人。

爸爸，妈妈和你，对我的期望并没有过分，你们期望的，只是要我平稳，以一个父亲主观意识中的那种方式，请求我实行，好教你们内心安然。

我却无法使你平安，爸爸，这使我觉得不孝，而且无能为力的难过，因为我们的价值观不很相同。

分别了长长的十六年，回来定居了，一样不容易见面。我忙自己的事、打自己的仗，甚而连家，也不常回了。

明知无法插手我的生活，使你和妈妈手足无措，更难堪的是，你们会觉得，这一生的付出，已经被遗忘了。我知道父母的心情，我晓得的，虽然再没有人对我说什么。

我也知道，爸爸，你仍旧不欣赏我，那一生里要求的认同，除了爱之外的赞赏，在你的眼光里，没有捕捉到过，我也算了。写文章，写得稍稍深一点儿，你说看不懂，写浅了，你比较高兴，我却并不高兴，因为我不是为了迎合任何人而写作——包括父亲在内。

只肯写心里诚实的情感，写在自己心里受到震动的生活和人物那就是我。爸爸，你不能要求我永远是沙漠里那个光芒万丈的女人，因为生命的情势变了，那种物质也随着转变为另一种结晶，我实在写不出假的心情来。

毕竟，你的女儿不会创造故事，是故事和生活在创造她的笔。你又为什么急呢？

难得大弟过生日，全家人吃一次饭，已婚的手足拖儿带女的全聚在一起了。你，下班回来，看上去满脸的疲倦和累。拿起筷子才要吃呢，竟然又讲了我——全家那么多漂亮人，为什么你还是又注意了一条牛仔裤的我？

口气那么严重的又提当日报上我的一篇文章，你说："根本看不懂！"我气了，答你："也算了！"

全家人，都僵住了，看我们针锋相对。

那篇东西写的是金庸小说人物心得，爸爸，你不看金庸，又如何能懂？

那日的你，是很累了，你不能控制自己，你跟我算什么账？你说我任性，我头一低，什么也不再说，只是拼命喝葡萄酒。

一生苦守那盏孤灯的二女儿，一生不花时间在装扮上的那个女儿，是真的任性过吗？

爸爸，你，注意过我习惯重握原子笔写字的那个中手指吗？它是凹下去的——苦写出来的欠缺。

如果，你将这也叫做任性，那么我是同意的。

那天，吃完了饭，大家都没有散，我也不帮忙洗碗，也不照习惯偶尔在家时，必然的陪你坐到你上床去睡，穿上厚外套，丢下一句话："去散步！"不理任何人，走了。这很不对。

那天，我住台北，可是我要整你，教你为自己在众人面前无故责备我而后悔。晃到三更半夜走得筋疲力竭回家，你房里的灯仍然亮着，我不照习惯进去喊你一声，跟你和妈妈说我回来了，爸爸，我的无礼，你以为里面没有痛？

妈妈到房里来看我，对着她，我流下眼泪，说你发了神经病，给我日子难挨，我又要走了，再也不写作。

这是父女之间一生的折磨，苦难的又何止是妈妈。其实，我常常认为，你们并不太喜欢承认我已经长大了，而且也成熟了的事实。更不肯记得，有十六年光阴，女儿说的甚而不是中文。人格的塑造，已经大半定型了，父母的建议，只有使我在良知和道德上进退两难。

事实上，爸爸，我是欣赏你的，很欣赏你的一切，除了你有时要以不一样的思想和处事的方式来对我做意志侵犯之外。对于你，就算不谈感情，我也是心悦诚服的。今年的文章，《梦里不知身是客》那篇，我自己爱得很，你不说什么，却说跟以前不同了。

对，是不同了，不想讲故事的时候，就不讲故事；不讲不勉强，自己做人高高兴兴，却勉强不了你也高兴的事实。另一篇《你是我特别的天使》，在剪裁上，我也喜欢，你又说不大好。《野火烧不尽》，你怕我讲话太真太重，说我不通人情，公开说了讨厌应酬和电话，总有一天没有一个朋友。

你讲归讲，每一封我的家书、我的文章、我东丢西塞的照片，都是你——爸爸，一件一件为我收集、整理、归档，细心保存。

十六年来，离家寄回的书信，被你一本一本用厚夹子积了起来，那一条心路历程，不只是我一个人在走，还有你，你心甘情愿的陪伴。

要是有一个人，说我的文字不好，说我文体太简单，我听了只是笑笑，然后去忙别的更重要的事。而你和妈妈，总要比我难过很多。这真是有趣，其实，你不也在家中一样讲我？

这半年来，因为回国，父女之间又有了细细碎碎的摩擦，只是我们的冲突不像早年那么激烈了。我想，大家都有一点儿认命，也很累了。

我的文章，你欣赏的不是没有，只是不多，你挑剔我胜于编辑先生，你比我自己更患得患失，怕我写得不好，爸爸，我难道不怕自己写糟？让我悄悄地告诉你——我不怕，你怕。

这一生，丈夫欣赏我，朋友欣赏我，手足欣赏我，都解不开我心里那个死结，因为我的父亲，你，你只是无边无涯地爱我；固执，盲目而且无可奈何。而不知，除了是你的女儿，值得你理所当然的爱之外，我也还有一点点不属于这个身份也可以有的一点点美丽，值得你欣赏。爸爸，你对我，没有信心。

我的要求也很多——对你，而且同样固执。

对我来说，一生的悲哀，并不是要赚得全世界，而是要请你欣赏我。

你的一句话，就定了我文章生死。世界上，在我的心目里，你是最严格的批评家，其实你并不存心，是我自己给自己打的死结，只因我太看重你。

这三四个月来，越睡越少，彻夜工作，撑到早晨七点多才睡一会儿，中午必然要出门做别的事。妈妈当然心痛极了，她甚而勇敢地说，她要代我去座谈会给我睡觉。

你呢？爸爸，你又来了，责我拿自己的生命在拼。这一回，我同意你，爸爸，你没有讲错，我对不起你和妈妈，因为熬夜。

写了一辈子，小学作文写到现在，三四百万字撕掉，发表的不过九十万字，而且不成气候。这都不管，我已尽力了，女儿没有任性，的确钉在桌子面前很多很多时间，将青春的颜色，交给了一块又一块白格子。我没有花衣服，都是格子，纸的。

爸爸，这份劳力，是要得着一份在家庭里一生得不着的光荣，是心理的不平衡和自卑，是因为要对背了一生的——令父母失望、罪人、不孝、叛逆……这些自我羞辱心态所做的报复和反抗。

当年没有去混太妹，做落翅仔，进少年监狱，只因为胆子小，只会一个人深夜里拼命爬格子——那道永远没有尽头的天梯，想象中，睡梦里，上面站着全家人，冷眼看着我爬，而你们彼此在说说笑笑。

这封信，爸爸，你今天早晨留给我文章的评语，使我突然一下失去了生的兴趣。

跟你打了一生一世的仗不肯妥协，不肯认输，艰苦地打了又打，却在完全没有一点儿防备的心理下，战役消失了，不见了。一切烟消云散——和平了。那个战场上，留下的是一些微微生锈的刀枪，我的假想敌呢？他成了朋友，悄悄上班去了。

爸爸，你认同了女儿，我却百感交织，不知活下去还有什么意思，很想大哭一场。

这种想死的念头，是父女境界的一种完成，很成功，而成功的滋味，是死也瞑目的悲喜。爸爸，你终于说了，说：女儿也可以成为你的骄傲。

当然，我也不会真的去死，可是我想跟你说：爸爸，这只不过是一篇，一篇合了你心意的文章而已。以后再写，合不合你的意，你还是可以回转；我不会迎合你，只为了你我的和平，再去写同样的文章。这就是我，你自己明白了，正如你明白自己一色一样。

女儿给你留的条子

（注：本当称“你”为“您”，因为“天地君亲师”，尊称是该有的，可是一向唤爸爸是“你”，就这样写了。）

故乡的胡同

史铁生

北京很大，不敢说就是我的故乡。我的故乡很小，仅北京城之一角，方圆大约二里，东和北曾经是城墙现在是二环路。其余的北京和其余的地球我都陌生。

二里方圆，上百条胡同密如罗网，我在其中活到四十岁。编辑约我写写那些胡同，以为简单，答应了，之后发现这岂非是要写我的全部生命？办不到。但我的心神便又走进那些胡同，看它们一条一条怎样延伸怎样连接，怎样枝枝杈杈地漫展，以及怎样曲曲弯弯地隐没。我才醒悟，不是我曾居于其间，是它们构成了我。密如罗网，每一条胡同都是我的一段历史、一种心绪。

四十年前，一个男孩艰难地越过一道大门槛，惊讶着四下张望，对我来说胡同就在那一刻诞生。很长很长的一条土路，两侧一座座院门排向东西，红而且安静的太阳悬挂西端。男孩看太阳，直看得眼前发黑，闭一会儿眼，然后顽固地再看太阳。因为我问过奶奶：“妈妈是不是就从那太阳里回来？”

奶奶带我走出那条胡同，可能是在另一年。奶奶带我去看病，走过一条又一条胡同，天上地上都是风、被风吹淡的阳光、被风吹得断续的鸽哨声，那家医院就是我的出生地。打完针，号啕之际，奶奶买一串糖葫芦慰劳我，指着医院的一座西洋式小楼说，她就是从那儿听见我来了，我来的那天下着罕见的大雪。

是我不断长大所以胡同不断地发展呢，还是胡同不断地发展所以我不断长大？可能是一回事。

有一天，母亲领我拐进一条更长更窄的胡同，把我送进一个大门，一眨眼母亲不见了。我正要往门外跑时被一个老太太拉住，她很和蔼，但是我哭着使劲挣脱她，屋里跑出来一群孩子，笑闹声把我的哭喊淹没。我头一回离家在外，那一天很长，墙外磨刀人的喇叭声尤其漫漫。这幼儿园就是那老太太办的，都说她信教。

几乎每条胡同都有庙。僧人在胡同里静静地走，回到庙去沉沉地唱，那诵经声总让我看见夏夜的星光。睡梦中我还常常被一种清朗的钟声唤醒，以为是午后阳光落地的震响，多年以后我才找到它的来源。现在俄国使馆的位置，曾是一座东正教堂，我把那钟声和它联系起来时，它已被推倒。那时，寺庙多也消失或改作它用。

我的第一个校园就是往日的寺庙，庙院里松柏森森。那儿有个可怕的孩子，他有一种至今令我惊诧不解的能力，同学们都怕他，他说他第一跟谁好谁就会受宠若惊，说他最后跟谁好谁就会忧心忡忡，说他不跟谁好了谁就像被判离群的鸟儿。因为他，我学会了谄媚和防备，看见了孤独。成年以后，我仍能处处见出他的影子。

十八岁去插队，离开故乡三年。回来双腿残废了，找不到工作，我常独自摇了轮椅一条条再去走那些胡同。它们几乎没变，只是往日都到哪儿去了很费猜解。在一条胡同里我碰见一群老太太，她们用油漆涂抹着美丽的图画，我说我能参加吗？我便在那儿拿到平生第一份工资，我们整日涂抹说笑，对未来抱着过分的希望。

母亲对未来的祈祷，可能比我对未来的希望还要多，她在我们住的院子里种下一棵合欢树。那时我开始写作，开始恋爱，爱情使我的心魂从轮椅里站起来。可是合欢树长大了，母亲却永远离开了我，几年爱过我的那个姑娘也远去他乡，但那时她们已经把我培育得可以让人放心了。然后我的妻子来了，我把珍贵的以往说给她听，她说因此她也爱恋着我的这块故土。

我单不知，像鸟儿那样飞在不高的空中俯看那片密如罗网的胡同，会是怎样的景象？飞在空中而且不惊动下面的人类，看一条条胡同的延伸、连接、枝枝杈杈地发展以及曲曲弯弯地隐没，是否就可以看见了命运的构造？

幸福就是

龙应台

幸福就是，生活中不必时时恐惧。开店铺的人天亮时打开大门，不会想到是否有政府军或叛军或饥饿的难民来抢劫。走在街上的人不必把背包护在前胸，时时刻刻戒备。睡在屋里的人可以酣睡，不必担心自己一醒来发现屋子已经被拆，家具像破烂一样被丢在街上。到杂货店里买婴儿奶粉的妇人不必担心奶粉会不会是假的，婴儿吃了会不会死。买廉价烈酒喝的老头不必担心买到假酒，假酒里的化学品会不会让他瞎眼。小学生一个人走路上学，不必瞻前顾后提防自己被骗子拐走。江上打鱼的人张开大网用力抛进水里，不必想江水里有没有重金属，鱼虾会不会在几年内死绝。到城里闲逛的人，看见穿着制服的人向他走近，不会惊惶失措，以为自己马上要被逮捕。被逮捕的人看见警察局不会晕倒，知道有律师和法律保护着他的基本权利。已经坐在牢里的人不必害怕被社会忘记，被历史消音。到机关去办什么证件的市井小民不必准备受气受辱。在秋夜寒灯下读书的人，听到巷子里突然人声嘈杂，拍门呼叫他的名字，不必觉得大难临头，把所有的稿纸当场烧掉。去投票的人不必担心政府作票、总统作假。幸福就是，从政的人不必害怕暗杀，抗议的人不必害怕镇压，富人不必害怕绑票，穷人不必害怕最后一只碗被没收。中产阶级不必害怕流血革命，普通大众不必害怕领袖说了一句话，明天可能有战争。

幸福就是，寻常的日子依旧。水果摊上仍旧有最普通的香蕉。市场里仍旧有一笼一笼肥胖的活鸡。花店里仍旧摆出水仙和银柳，水仙仍然香得浓郁，银柳仍然含着毛茸茸的苞。俗气无比、大红大绿的金橘和牡丹一盆一盆摆满了骑楼，仍旧大红大绿、俗气无比。银行和邮局仍旧开着，让你寄红包和情书到远方。药行就在街角，金铺也黄澄澄地亮着。电车仍旧叮叮响着，火车仍旧按时到站，出租车仍旧在站口排队，红绿灯仍旧红了变绿，消防车仍旧风风火火赶路，垃圾车仍旧挤挤压压驶进最窄的巷子。打开水龙头，仍旧有清水流出来；天黑了，路灯仍旧自动亮起。幸福就是，机场仍旧开放，电视里仍旧有人唱歌，报纸打开，仍旧有字。饭店门口仍旧有外国人进出，幼稚园里仍旧传出孩子的嬉闹。幸福就是，寒流来袭的深夜里，医院门口“急诊室”三个字的灯，仍旧醒目地亮着。

幸福就是，寻常的人儿依旧。在晚餐的灯下，一样的人坐在一样的位子上，讲一样的话题。年少的仍旧唧唧喳喳谈自己的学校，年老的仍旧唠唠叨叨谈自己的假牙。厨房里一样传来煎鱼的香味，客厅里一样响着聒噪的电视新闻。幸福就是，早上挥手说“再见”的人，晚上又回来了，书包丢在同一个角落，臭球鞋塞在同一张椅下。幸福就是，头发白了，背已驼了、用放大镜艰辛读报的人，还能自己走到街角买两副烧饼油条回头叫你起床。幸福就是，平常没空见面的人，一接到你午夜仓皇的电话，什么都不问，人已经出现在你的门口，带来一个手电筒。幸福就是，在一个寻寻常常的下午，和你同在一个城市里的人来电话平淡地问道：“我们正要去买菜，要不要帮你带鸡蛋牛奶？你的冰箱空了吗？”

幸福就是，虽然有人正在城市的暗处饥饿，有人正在房间里举起一把尖刀，有人正在办公室里设计一个恶毒的圈套，有人正在荒野中埋下地雷，虽然如此，幸福就是，你仍旧能看见，在长途巴士站的长凳上，一个婴儿抱着母亲丰满的乳房用力吸吮，眼睛闭着，睫毛长长地翘起。黑沉沉的海上，满缀着灯火的船缓缓行驶，灯火的倒影随着水光荡漾。十五岁的少年正在长高，脸庞的棱角分明，眼睛晶亮地追问你世界从哪里开始。两个老人坐在水池边依偎着看金鱼，手牵着手。春天的木棉开出第一朵迫不及待的红花。清晨四点小鸟忍不住开始喧闹，一只鹅在薄冰上滑倒，冬天的阳光照在你微微仰起的脸上。

头发记

鲍尔吉·原野

午后，我到桑园的树荫下歇息，看蚂蚁在水磨石地面上奔走。有的蚂蚁为搬运孩子嘴边掉下的饼干屑忙碌，有的无端忙碌。没有沿一条直线行走的蚂蚁，也见不到哪只蚂蚁在树荫下睡觉。

蜘蛛在空中飘荡，一根看不清的绳索连着碧桃树桠。大风吹得树叶乱响，却吹不断蜘蛛丝。蜘蛛像在浪头上打滚儿、上攀，忽又吐出一段，使自己离树桠更远。在过去，我可能用木棍挑断看不清的蛛丝，现在不干这类事了。

一个四十多岁的男人，在松树下找东西。他盯着地面，态度惶然。

松树下面的草被人踩光了，空出桌子大的地面。理发的女人在这儿营业，下雨天卖雨衣，这儿临近马路。头两天树上挂个牌子，粉笔写的：擦鞋。红粉笔在白字外边勾上弯曲的花边儿，像旧日的饼干那样。后来换了字：算命，没勾花边儿。算命再勾波浪纹，显得命不真实。这是女理发师告诉我的。

这个男人垂首盯着地下，后来双臂撑膝，头更低了。又蹲下，手指抚弄地面。我按捺不住好奇心，想看他看啥。

我无事一般踱过去，脖子不转，眼角扫视他观看的地面：土湿润（上午有雨）、石子半露于地面、碎头发，没了。我无事一般踱回来，坐原来的位子，他还在看地面，恨不能钻进地里。

怪了，这算什么爱好呢？新的健身功法？我劝自己别对别人的私事太热心，找那只蜘蛛——我命名的“阿迪力蛛”。

“大哥。”这个男人走过来，步履踉跄，面色惨白，嘴唇毫无血色。“大哥，打扰了。你看见上午有理发的吗？”理发？我说，“理发的没出来，上午下雨了。”

“噢。”他若有所思，在我身边坐下，左手攥一绺头发。

我们并排坐着，我在透明的空气中寻找飞蛛。身边传来抽泣声，他弯腰抽泣。成年人没有晶莹的泪珠，更多的是鼻涕。他一把把擤鼻涕。

“我父亲没了。”他直起腰对我说，“昨天走的。我半夜才知道信儿，从牡丹江上车，到沈阳是今天十一点多了。已经火化了。”

说到这儿，他用掌擦泪。“人说走就走，连一面都不让你见。邻居说，我爹昨天在这儿理过发。”

他握着的左手慢慢松开，摊着一些头发，白的黑的。他说：“就留下这点儿头发，也不知是不是我爹的。雨水把头发冲没了，剩这些，但愿是他的，怎么也有一点儿。”

我听了震惊，想劝慰却说不出适宜的话。

街上行人络绎不绝地走过，他们的父母大多健在。谁知道，老人的生命竟会像花朵被夜雨摧折。到那时，别说奉养，连保留一绺头发都不可得。

一杯酥油茶的温度

凌仕江

那年夏天，牧童尼玛为了攒够坐飞机去雪山之外看世界的一张机票，从藏北草原来到那曲挨家挨户推销日用品。黄昏时分，饥寒交迫的他摸遍全身，只有一个五分钱的硬币。于是他决定向下一户人家讨一个糍粑吃。

当一位身材苗条、头发飘逸、面容好看的美丽少女打开房门的时候，这个衣裳褴褛的男孩却有点儿不知所措了。他没有要糍粑，只乞求少女将手中剩下的半瓶矿泉水给他。少女看小男孩饥渴的样子，连忙倒了一杯酥油茶给他。小男孩端着木碗，仰起头，一饮而尽，然后慢慢将手伸进口袋："阿姐，对不起，我今天只赚到五分钱，都给你。"

少女顿时喜出望外，露出好看的牙齿，笑道："一分钱也不用给我。你叫什么名字？"

"尼玛(太阳的意思)。"他怯怯地说。

"哦，我可爱的小太阳，我是从遥远的上海坐飞机来西藏跟你们藏族人家学习藏语的。"小男孩说："那你能买一点儿我的商品吗？我要用自己赚的钱去看山外美丽的世界。"少女什么也没说，愉快地挑选了一顶花帽子戴在自己头上。小男孩收下少女的钱，微笑着说了一句"吐几其(谢谢)"离开了。他浑身充满了力量，并且更加相信自己很快就能看到雪山之外的世界。他本来已经打算放弃。

几年后，男孩终于坐上了拉萨前往上海的飞机。他在飞机上突然得了一种怪病。飞机刚离开地面不久，他就挥舞双手，“呵呵呵”不停地叫嚷。几个藏族人与喇嘛交头接耳，机舱内的气氛，顿时紧张起来。他看见云在飞，天在旋，地在转。当飞机越过云海，他眨了眨眼，便晕过去了。医务人员给他把脉、量血，一切皆属正常。时间过去了一个小时，少年抖动着身子，无法睁眼醒来。对此情形，强装镇静的医务人员束手无策。

为了挽救这位藏族少年的生命，飞机准备调头返回拉萨降落。就在此刻，一位身穿航空礼服的空姐步履轻缓地走到了病危中的少年身旁。她看见少年脸上的两团高原红，于是匆匆回到工作间，取出随身携带的一个小纸袋，冲了满满一杯酥油茶。奇迹出现了，少年闻到酥油飘香，便慢慢舒醒过来。当一杯浓浓的酥油茶被他全部喝尽的时候，他睁眼看见的不是霞光万道的雪山，而是太阳升起的上海。

……

不管后来尼玛是否认出那个曾经对自己施爱不图回报的空中小姐，我相信爱的美好已经表达了。对一个居住在藏域里的民族来说，酥油茶是他们一生离不开的温度。对于一个曾经被酥油茶温暖过的异乡人来讲，念念不忘就是对一个地方最持久最有力的报答。

蓝色的连衫裙

靳希　译

一九〇九年的春天来到了俄亥俄州的克利夫兰城，可是，它没能给盖特街带来新面貌。临近的那些漂亮街道上的住户们都已忙开了：拾掇闲了一冬的小园子；粉刷、油漆房屋；为夏天准备好剪草机……盖特街却仍是老样子：又脏又乱。

盖特街是条短街，但走过这条街的人都嫌它太长了。当然，住在这儿的人都没多少钱，穷人的要求是不多的。

他们有时候能找到点儿活干，有时为找工作而奔波；他们的屋子多年没有油漆粉刷了，院子里连自来水也没有，盖特街的住户只好到街角的水栓那儿去提水。

街上的景象当然好不了——没有人行道，没有路灯，街道一头的铁路线给这儿增添了更多的嘈杂声和尘土。

春天来了，别的街道去学校读书的小姑娘们都穿上了漂亮的新衣裳，但是，这个盖特街来的小姑娘还是穿着那件她已穿了一冬的脏罩衫，也许，她只有这一身衣服？

她的老师深深地叹了口气：多好的小姑娘啊！她学习起来可真用功，她懂礼貌，见了人总是笑眯眯的。可惜，她的脸从来不洗，还有一头乱蓬蓬的头发。

一天，老师对这个小姑娘说：“明天来上学以前，请你为我洗洗你自己的脸，好吗？”老师看得出，她是个漂亮的小姑娘。

第二天，漂亮的小姑娘洗干净了脸，还把头发梳得整整齐齐。放学时，老师又对她说："好孩子，让妈妈帮你洗洗衣服吧。"可是，小姑娘还是每天穿着那身脏衣服来上学。

"她的妈妈可能不喜欢她？"老是想。于是，老师买了一套美丽的蓝色连衫裙，送给了小姑娘，孩子接过这份礼物，又惊又喜，她飞快地向家里跑去。

第二天，小姑娘穿着那套美丽的衣服来上学了，她又干净又整齐，兴高采烈地对老师说："我妈妈看我穿上这身新衣服，嘴巴都张大了。爸爸出门找工作了，可是没关系，吃晚饭时他会看到我的。"

做爸爸的看到穿着新衣衫的女儿时，他不禁暗暗说，真没想到，我的女儿竟这么漂亮！当全家人坐下吃饭时，他又吃了一惊：桌子上铺了桌布！家里的饭桌上可从来没用过桌布。他不禁问："这是为什么？"

"我们要整洁起来了。"他的妻子说，"又脏又乱的屋子对我们这个干净漂亮的小宝贝来说，可不是个好事。"

晚饭后，妈妈开始擦洗地板，爸爸站在一旁看了会儿，就不声不响地拿起工具，到后院去修理院子的栅栏去了。第二天晚上，全家人开始在院子里开辟一个小花园。

第二个星期，邻居开始关心地看着小姑娘家的活动，接着，他也开始油漆自己那十多年未曾动过的房屋了。这两家人的活动引起了更多的人的注意，于是，有人向政府、教会和学校呼吁：应该帮助这条没有人行道、没有自来水的街道上的居民，他们的境况这样糟糕，可是他们仍然在尽力营造一个美好的环境。

几个月后，盖特街变得简直让人认不出了。修了人行道，安上了路灯，院里接上了自来水。小姑娘穿上她的新衣服的六个月后，盖特街已经是住着友好、可敬的人们的整洁街道了。

得知盖特街变化的人们管这叫"盖特街的整洁化"，这个奇迹愈传愈远，其他城市的人们听到这个故事，也开始组织他们自己的"整洁化”运动。到一九一三年，有上千个美国城镇组织了修理、油漆房屋的活动。

当一位老师送给一个小女孩一套蓝色的新衣裳时，谁能料到会引起什么奇迹呢！

母亲的账单

乃粒　译

小彼得是一个商人的儿子。有时他得便到他爸爸做生意的商店里去瞧瞧。店里每天都有一些收款和付款的账单要经办。彼得往往受遣把这些账单送往邮局寄走。他渐渐觉得自己似乎也已成了一个小商人。

有一次，他忽然想出了一个主意：也开一张收款账单寄给他妈妈，索取他每天帮妈妈做点儿事的报酬。

某天，妈妈发现在她的餐盘旁边放着一份账单，上面写着：母亲欠她儿子彼得如下款项：

为取回生活用品	二十芬尼
为把信件送往邮局	十芬尼
为在花园里帮助大人干活	二十芬尼
为他一直是个听话的好孩子	十芬尼

共计：六十芬尼

彼得的母亲收下了这份账单并仔细地看了一遍，她什么话也没有说。

晚上，小彼得在他的餐盘旁边找到了他所索取的六十芬尼报酬。正当小彼得如愿以偿，要把这笔钱收进自己口袋时，突然发现在餐盘旁边还放着一份给他的账单。他把账单展开读了起来：

彼得欠他的母亲如下款项：

为在她家里过的十年幸福生活　　　　○芬尼

为他十年中的吃喝　　　　○芬尼

为在他生病时的护理　　　　○芬尼

为他一直有个慈爱的母亲　　　　○芬尼

共计：○芬尼

小彼得读着读着，感到羞愧万分！过了一会儿，他怀着一颗怦怦直跳的心蹑手蹑脚地走近母亲，将小脸蛋藏进了妈妈的怀里，小心翼翼地把那六十芬尼塞进了她的围裙口袋。

爱如茉莉

佚 名

一切都是那么静谧美好，一切都沉浸在生命的芬芳与光泽里。

那是一个漂浮着桔黄色光影的美丽黄昏，我从一本缠绵悱恻、荡气回肠的爱情小说中抬起酸胀的眼睛，不禁对着一旁修剪茉莉花枝的母亲冲口说："妈妈，你爱爸爸吗?"

妈妈先是一愣，继而微红了脸，嗔怪道："死丫头，问些什么莫名其妙的问题！"

我见从妈妈口中诱不出什么秘密，便改变了问话的方式："妈，那你说真爱像什么?"

妈妈寻思了一会儿，随手指着那株平淡无奇的茉莉花，说：就像茉莉吧。"

我差点儿笑出声来，但一看到妈妈一本正经的眼睛，赶忙把很是轻视的一句话"这也叫爱"咽了回去。

此后不久，在爸爸出差归来的前一个晚上，妈妈得急病住进了医院。第二天早晨，妈妈用虚弱的声音对我说："映儿，本来我答应你爸爸今天包饺子给他吃，现在看来不行了，你待会儿就买点儿现成的饺子煮给你爸吃。记住，要等他吃完了再告诉他我进了医院，不然他会吃不下肚的。"

然而爸爸没有吃我买的饺子，也没听我花尽心思编的谎话，他直奔到医院。此后，他每天都去医院。

一个清新的早晨，我按照爸爸特别的叮嘱，剪了一大把茉莉花带到医院去。当我推开病房的门，不禁被映入眼帘的情景惊住了：妈妈睡在床上，嘴角挂着恬静的微笑；爸爸坐在床前的椅子上，一只手紧握着妈妈的手，头伏在床沿边睡着了。初升的阳光从窗外悄悄地探了进来。轻轻柔柔地笼罩着他们。一切都是那么静谧美好、一切都浸润在生命的芬芳与光泽里。

似乎是我惊醒了爸爸。他睡眼惺忪地抬起头，轻轻放下妈妈的手，然后蹑手蹑脚地走到门边，把我拉了出去。

望着爸爸憔悴的脸和布满血丝的眼睛，我不禁心疼地问："爸，你怎么不在陪床上睡?"爸爸边打哈欠边说："我夜里睡得沉，你妈妈有事又不肯叫醒我。这样睡，她一动我就惊醒了。"

爸爸去买早点，我悄悄地溜进病房，把一大束茉莉花松松散散地插进空罐头瓶里，一股清香顿时弥漫开来。我开心地想：妈妈在这花香中欣欣然睁开双眼该多有诗意啊，转念又笑自己简直已是不可救药的"耍"浪漫。笑着回头，却触到妈妈一双清醒含笑的眸子："映儿，来帮我揉揉胳膊和腿。"

"妈，你怎么啦?"我好生奇怪。

"你爸爸伏到床边睡着了。我怕惊动他不敢动。不知不觉，手脚都麻木了。"

这么简简单单、平平淡淡的一句话，却使我静静地流下泪来。泪眼朦胧中，那丛丛簇簇的茉莉更加洁白纯净。它送来缕缕幽香，袅袅娜娜地钻到我们的心中，而且萦萦不去。

哦，爱如茉莉，爱如茉莉。